INK

INK

INK 文學叢書 025

遠河遠山

張煒◎著

遠河遠山

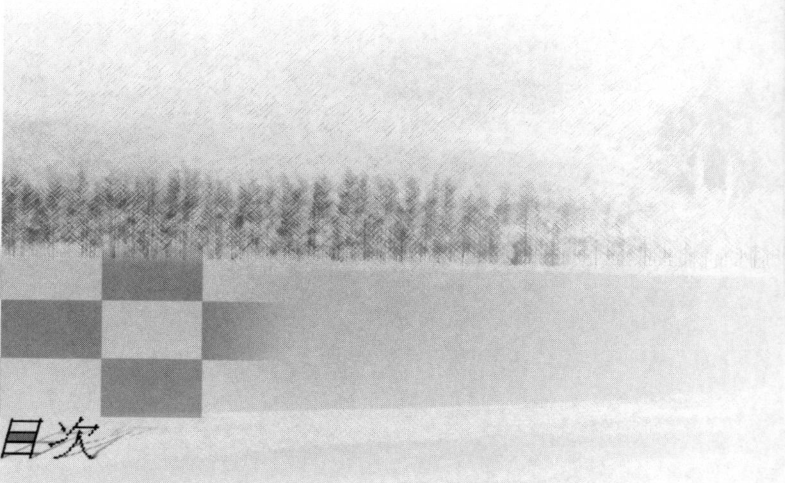

目次

第一部

我可算是不停地寫了一輩子。
從極早、從與這些孩子差不多的年紀或者更少一點的時候，
我就在寫、在激動、在爲自己和別人的故事衝動不已。

一

我多年來一直想把內心裡藏下的故事寫出來，儘管這故事留給自己回想更好。它純粹是自己的。可是不知爲什麼，一直把這故事忍在心裡，對我來說太難了。可能我老了，愈來愈老，也愈來愈孤單。衰老的不期而至，成了我一生中最後的一件厚禮。它常常讓我感動得熱淚盈眶。回首往事，有時不免生出陣陣驚詫：我竟然經歷了這麼一沓子雜事和怪事，還有這麼多美好動人的事；特別讓我驚奇的是時間的速度：彷彿剛剛一轉身，五十年就過去了。

我現在夠狼狽的了，走路不得不依賴拐杖，而且走不多遠就要停下歇息。我愈來愈喜歡年輕人，特別是那些少年和兒童。他們黑白分明的眼睛、紅潤嬌嫩的嘴唇，還有柔韌的身體、滑亮的頭髮，都讓我入迷般地留戀。好像我自己從未有過這段歲月似的。眞的，我到底有沒有過這樣的時光，還眞得從頭好好想一想呢。

孩子們好奇地注視著我這個「老人」，看過了皺紋密布的臉，沉重的眼睛，又看笨重僵硬的雙腿，端詳這根拐杖。我說不出什麼。我只是喜愛他們，把喜愛深藏心底。這些少年讓我挪不動腳步，我會一直看著他們，直到他們有些害怕地走開。

孩子們怕我這副模樣。他們如果知道我心裡的喜愛就好了。我這一輩子心中湧起如此強烈的、滾燙燙的情感，並無許多。人眞是奇怪啊，奇怪到連自己都費解，都害怕了。

黃昏的光色中，從很遠的街道往回走。快到居所時天就黑了。這是何苦呢。這麼久的散步對於我已經非常不適宜了。可是那條街上有許多孩子。每到傍晚時分，那兒就將湧過一大群孩子。他們是空中的鸝鳥。

我捕捉著心中的鸝鳥，整夜無眠。我想起來寫點什麼，可是握筆的手總是抖，而且腦子裡沒有連貫的句子。我早已不寫那些讓自己愉悅、動人的句子。看來由這樣的句子組成的美好故事眞的只能裝在心中了。

也許花費了較長的時間，克服了什麼之後，我還會一點一點寫出幾張紙、幾十張紙。但我知道這是非常艱難的一件事。老了，是心太老了；問題的癥結就在這裡。我不是個一般的老人。

我可算是不停地寫了一輩子。從極早、從與這些孩子差不多的年紀或者更少一點的時候，我就在寫、在激動、在爲自己和別人的故事衝動不已。我大概因爲寫得太久、太累，走的路又太遠、太坎坷，才弄得重病纏身。那可不是一般的磨損。那些艱辛煎熬的日子，鐵人也難以消受。想想看，四十歲以前我就有過一次中風，接近五十歲簡直害過不止一次重病。

所以現在弄成了這副模樣，連說話也沒有幾個人能夠聽得懂了。

都這樣了，還是想寫、不停地寫。多麼可怕的念頭，多麼不切實際啊。

二

一個人如果眞的有了一種癖好就難以根除。我從小、從很小的時候就與紙和筆打上了交道。後來簡直入迷了，總要不停地寫。我這樣寫不是爲了給別人看，而只是爲了自己。夜晚、白天，無論什麼時候，寫和看常常是自己最大的樂趣，而其他任何事情都難以吸引我。

有人希望我戒掉這個毛病。試過，很難。比戒菸難。結果也就愈寫愈多、愈快，最後連自己都認爲這是一種病了。我把所能找到的所有紙都寫滿了：先是學校發給的統一格式的作文本，爾後是家裡的糊窗紙、破舊垂落的頂棚紙反面；最後是父親的捲菸紙。捲菸紙給他裁成了一條一條，使用起來很不方便。我不得不把這些紙編了號，寫成一疊，再用線捆起來。

這樣做時，我大約才十二歲。

在父親眼裡，我是個著了魔的孩子，等於小妖怪。他極不喜歡我，從樣子到內心。我心裡的念頭太多，大概他能看得見。我從小就遇到了這個麻煩：身邊這個人既讓我懼怕，又要我不斷地設法去對付。最麻煩的是我還得跟他叫「父親」。這使我彆扭了一輩子。

我幾次想徹底拋棄這個過分親暱的稱呼，媽媽都制止了我。她的話我只得聽。因爲沒有她，也就沒有我的一切。我愛媽媽。我在紙片上無數遍地這樣寫過。儘管她也有錯誤，儘管她的錯誤大極了，大得不可饒恕。

她最大的錯誤是千里迢迢來這裡，找了父親這麼個人。她自己來到也罷了，可她把我也攜來了。那時我大約剛剛一歲多一點，可能她也沒有辦法。就這樣我有了一個新父親，後來才從書上得知，新父親應稱爲「繼父」。

媽媽和繼父都千方百計不讓我記起原來和過去，而且一度非常不聰明地編造，說我就是他們倆生的。可惜我與別的孩子不同，我能記住一歲前的事情。儘管記不太清，可我記得。我能記起自己從別處——很遠很遠的地方被抱過來。有一次我對媽媽說起了一周歲生日時誰來送我玩具、誰用鬍茬扎過我，她驚得大張嘴巴，長時間不能合攏。從那時起，她對我認眞起來了。她偶爾說：你眞是個奇怪的孩子。

繼父實在不好。他比媽媽大得多，而且有點像書上寫的那些壞男人，喝酒，抽菸，說話粗魯。我從小記得最清的就是滿屋子的菸酒味兒。他對媽媽的粗暴，回想起來讓我害怕。媽媽千里迢迢尋了這麼一個人，眞使我爲她難過。我很難過。可我對媽媽不能過多地說出這難過啊。

糟糕的是，我原來的父親什麼樣子，不記得了。我儘管有超人的記憶力（別人都這麼說），可就是不能從腦海裡搜尋出那個形象。經過一段時間的努力，當一個人閉目靜思時，才隱隱約約感到了一點什麼。他好像是個細高個子，臉有些瘦，偶爾咳嗽，頭髮乾乾的。我總是力圖把他的影像弄得更清楚一些。很難。這個模糊的影子愈來愈淡，後來消失了。但我總算知道了，我原來的父親死了。

可是只要媽媽不談那個人，我是絕不去問的。爲什麼？不爲什麼，就是不問。她能忍得住，我也能。我是靠沉思默想的方法，才大致知道了我的來路。這就夠了。

繼父有一段想掩藏對我的厭惡，沒成。於是他就不再裝模作樣了。他開始用尖狠的眼神看我，鼻子裡常常發出不滿的哼哼聲。他知道我也厭惡他，但不知道我有多麼厭惡他。我暗裡正用一種心力作用於媽媽，想讓她離開他，重新攜我去遠方。

深夜裡汽車聲、各種各樣的嘈雜都從窗外消失時，我就這樣用心。有時太累了，就睡過去。夢中我看見媽媽牽著我的手，又把我交到了那個臉龐瘦瘦的男人手裡。我用誰也聽不見的聲音叫了一句：「父親！」我只能看清他的眼睛，看不清其他部位。好像他在注意我的同時，用雙唇碰了碰我的頭髮……淚水湧出眼眶。我醒來了，再也睡不著。我急躁地想寫點什麼。

這一夜我趴在床上寫個不停。我一口氣塗滿了許多張紙。想到哪裡寫到哪裡，緊緊咬著下唇。沒有紙了，我就躡手躡腳走出，到中間屋裡取來了繼父的捲菸紙。

黎明時我又睡著了，睡眠中不小心把紙片撒了一地。天大亮時我還沒醒，這下糟了。繼父一醒來就要抽菸，他去菸笸籮裡一抓，手是空的……看到我屋內撒了一地的紙片，就把我揪了起來。

媽媽怎麼勸也沒用。他把我提起來，像扔一個死傷的動物一樣，往角落裡一扔。所有寫成的紙片都被他踩、毀掉了。他說：只要再看見我這樣胡亂寫畫，看見我趴在床上弄這事兒，非把我揍死不可。

我蜷在角落裡，一聲不吭。

三

其實最早阻止我的是媽媽。她生了我這麼個孩子，卻又埋怨我，爲我痛惜。我不知該說些什麼。那湧進心裡的陣陣灼燙，讓我只想面向南山大聲呼喊。喊不出，像往日一樣沉默。

什麼時候染上了寫個不停的毛病？回想一下，像是剛上學不久，大約三年級左右吧——很平常的一天，突然覺得心裡一熱，就趴在床上寫起來。我寫看到的一隻鳥、一隻蝴蝶，寫牠們可愛的模樣。我在紙上與牠們熱烈交談……媽媽走進來，我沒有發現。媽媽站在身後看了一會兒，喊了一聲。我抬起頭，嚇了一跳，因爲她臉上是很害怕的樣子。她說：你不能，孩子，你不能！媽媽是說我不能在紙上寫。爲什麼不能？她說不出。

可我需要這樣。我學會了寫字，愈來愈多的字，我渴望記下什麼啊。許多許多的字，連接起來是一句話；許多許多句話，連接起來就是我心裡的意思了……神奇的字組成的東西包含的奇異說也說不完。

我們家的閣樓上有一個粗糙的木箱，我爬上閣樓的那一天，就知道眞正的珍寶藏在哪兒了。

這個木箱也是媽媽攜來的，就像當年攜我而來一樣。她沒有把它遺在遠方，可見她仍是可愛的媽媽。就這樣，我懷著對媽媽說不出的愛和感激，一點一點讀完了木箱裡的書。我是嚼了，嚥了，世上最令人回味的美食。

感謝神靈讓我走近了那個木箱。我開始了無窮無盡的幻想。我認爲自己來到人間，來到繼父這個小城，特別是有這樣一個媽媽和死去的父親，都是很怪的事情。我自己就很怪。到底是誰給了我這個生命呢？我開始覺得自己與眾不同了。這是老師和同學告訴我的，也是我自己愈來愈清楚地感到的。

我長大了一歲，又長大了一歲。令我不解的是，如今簡直是一天天地癡迷起來了，簡直是發瘋般地在紙上寫。繼父把我這個毛病看得極爲嚴重。他確信我是著了魔怪。但由於他的百般阻撓、千方百計的折磨都未能奏效，也就自然而然地放棄了努力。他對一幫狐朋狗友說，家裡有一個癡子、傻子，也許是個妖怪。

今天的人或許不能理解，一個大人爲什麼會對一個少年傾注這麼多的憤恨。但我理解。因爲他是我的繼父。我們是爲了互相仇恨、互相折磨才走到一起的。我心裡明白。他無論是在別人眼前，也無論是白天或黑夜，只要看見我在紙片上寫，就一把扯過，團一團扔了、撕了。

他好像挺恨在紙上寫字的人。因爲他自己就從來不寫、從來不看。他用狠毒的話罵我、咒我，說我將來一準不得好死。媽媽漸漸看不下去，勸他幾句，反而惹起更大的火氣。他用一根帶鐵釘的皮帶抽打桌子，一次用力太大，桌子的一角都抽裂了。這一下抽到身上會是什麼滋味，我也許會被他弄死。

他無數次對我動手腳，但從未使用那根皮帶。這讓我覺得奇怪。

「你爲什麼偏要這麼發瘋地寫呢?可憐的孩子!」媽媽搓著眼睛，但每次不等我回答就轉身做事情去了。她明白，她什麼都明白。

不明白的是我自己。我只知道離不開紙和筆，是它們給了我一切，一切的一切，包括全部歡樂。我寫下的字，只有一小部分、很少的一部分被老師和同學看過。那是寫在作文本上的。有兩三次，老師把我寫的東西念了一遍。所有同學都轉臉看我，有幾道目光裡還有小小的嫉妒。我的臉肯定變得通紅。高興啊，高興得想哭。

但我知道，他們無法懂得我寫的這些。因爲這是在跟自己說話，跟一些他們所不認識、或從來不曾留意的人和事說話。平時跟我說話的人太少了，我只能自己尋找一些人、動物，還有我喜歡的任何一件東西說話。我跟夢中的父親說話，邊說邊記——這有點像給他寫信。一隻白頭翁鳥每個星期都悄悄飛到我的窗前。我們也互相分享了一些祕密。我對繼父的仇恨牠心裡也清楚。我甚至請教了解脫之方。牠爲我流淚，爲我歌唱。在長長的時間裡，我和白頭翁鳥成了最好的朋友，直到牠後來一去不返。

我知道一朵花、一棵草都有奇特的心事。一枝漿果，在它成熟發紅的時候，肯定變得和藹善良。我與它無所不談。我眞的具有與其互通心語的能力。有一次實在忍不住，就跟媽媽說了。她毫不覺得驚奇，只是低下頭去。好像媽媽在回憶一個熟人舊友——那個人好像也具有類似的能力。

半夜，我突然聽到了床邊木櫃的呻吟。這呻吟像老人一樣淒蒼。我睡不著，就一下一下撫摸這木櫃。它漸漸沒有聲音了。我們家所有的器具之中，數這只木櫃最老舊了，它也是母親的。

我覺得這只木櫃與外祖母有關。我從未見過外祖母，也很少聽媽媽談起過她。但我認定這木箱是老人家的，於是它就等於是她了。眞的，我依偎在櫃子上時，就覺得是在老人懷裡。它有體溫，有一動一動的脈搏。

四

我們居住的這座城市不大，西靠大海。記憶中的這座城市一直是潮濕的，到處撒滿了煤灰。因爲城裡人做飯、生火取暖全要用煤，用煤是從碼頭上運來的，搬動時撒在了磚路上。碼頭上的大船是我心中的花瓣，我一看見它的煙囪、翹翹的船首，心裡就綻開了花。我眞高興。

如果沒碼頭、碼頭上的大船，這個小城就一點也沒有意思了。從碼頭上出來的花花綠綠，什麼樣的都有。這些人是從船上下來的，天南地北都有。最奇怪的服裝都是他們穿來的：雪白的大翻領洋裝、緞子長袍、漆黑的西服、白綠兩色的水兵服……我有時就爲了看這些神奇，長時間地站在通往碼頭的大路旁。

有一天我正這樣看著，突然記起了許久前的一件事。這件事對我來說太重要了，因爲它決定了我們的大半生。我彷彿親眼看到一個三四十歲的婦人——臉色蒼白，手牽一個一歲左右的男孩，小心翼翼走下大船，登上岸。那長長的、邊上繫了鐵索的木板一顫一顫。小男孩叫：媽媽！媽媽彎腰親他，說有人會來接我們的。

（那一天沒有人接他們母子。這個小城裡有他們的遠親，但遠親沒有接到電報。當時這兒的電報局十有八九要弄錯點什麼。不過這最終沒有影響什麼。他們在此地落腳，而且住了下來。）

那就是我和媽媽。

就這樣，我不久就遭遇了繼父。當時這個男人在城裡是個高高在上的人物。他倒不是什麼官，而只是碼頭上的一個閒人。他在岸上轉轉，吆吆喝喝，從貨倉到客運站，隨便來去。所有人都敬他怕他，港長也一樣。因爲他是一個有過戰功的人，據說戰功很大，只是不小心誤傷了一個人，才下放到這個碼頭上工作。有人說如果不是那次意外，他早就是個將軍了。

對於一個馬馬虎虎可以做將軍的人，人們的敬畏之情說也說不完。比起他來，這座小城就顯得太小了。關於他的故事驚天動地——一半是眞，一半是出於虛榮心的小城人自己編造的。因爲任何人都願說自己那塊地方如何如何了不起，出過怎樣的大人物；如果沒有這樣的大人物，他們就會編造出一個。繼父就是他們編造出的英雄。

他們忘乎所以地傳誦他的功勳，其實只爲了自己心裡的滿足。因爲我漸漸發現，碼頭上的人，還有所有認識繼父的人，他們一點兒也不喜歡他。他們有時當面奉迎，那不過是怕他。

媽媽也多少有點像那些人，怕他，她過去愛他，但只愛一點點，而且時間很短。我這輩子搞不明白的事情很多，其中之一就是媽媽爲什麼會嫁給這樣一個人。好像媽媽來這個小城之前很久就認識繼父。她說：「那時啊，那時我們幸虧有他啊！」到底是什麼事，「那時」又是何時，她再不說了。

繼父喝了酒格外嚇人，他不刮臉，鬍子又濃又長，像鐵絲。他嘴裡噴著酒氣，搖搖晃晃走上大街。他不太上班，碼頭上的人也不希望看到他，因爲他說不定逮住誰一頓臭罵。他硬把碼頭上的一輛破摩托搶來，騎上出城，到海灘林場去打獵。他共有長長短短幾枝槍，有打霰彈的，有打獨子的，有氣槍，還有眞正的鋼槍——部隊使用的武器。全城沒有任何人可以擁有這麼多武器，只對於他，誰都睜一隻眼閉一隻眼。

他平時最愛說的一句話就是：我崩了他！說是說，他的槍只打一些動物。那些小鳥、狐狸和兔子，凡是遇上的，都要倒楣。每逢看到他提著血淋淋的獵物走回院子，我就恨死了他。他倒高高興興，一進門就大聲喊媽媽，喊不應才罵，笑著罵。

我們家住在離碼頭圍牆不遠的一幢平房，院子很大，而且長了無花果樹、橡子樹。這房子原來是副港長的，副港長搬了新居，這兒又被他兒子占了。因為繼父來回搬摩托車，爬上爬下心煩，就對副港長的兒子說：年輕輕的，滾吧！那個年輕人哭著去求父親，又找港長，結果全無濟於事。那些人都說：你快騰房子吧。

這幢小院成了我最喜歡的地方。只要繼父不在，這裡就是真正的樂園。地上有數不清的花草，有出其不意的小蟲子，飛來飛去的蝴蝶和蜻蜓。秋天，橡子成熟的時候，就撲到地上來。它長得可太美了，毛茸茸的殼斗，圓圓的橡實，都讓我長時間目不轉睛地端詳。我爬上了這棵枝葉繁密的大樹，讓樹葉把身體籠住。這樣我迎來一隻喜鵲、一隻野雞、一隻藍點頦。有一天我正臥在那個粗斜枝上，突然有個機靈的小動物邁著難以置信的碎步跑過來。我首先瞧見了牠銀色的長尾。原來是一隻松鼠。

後來我又發現了五六隻不同的松鼠。牠們在樹上跑來跑去，有時順著樹幹飛快竄下，圍著樹玩耍。牠們與我熟了，並不怕我。我一拋出饅頭渣，牠們立刻就湊近了。牠們像人一樣，用雙手捧著食物吃。

五

我沉默的時間愈來愈長了，媽媽更爲不安。她走進我的房間，一推門，我趕緊把手頭的東西藏到被子下。那是我剛剛寫滿的一張紙。我正激動得滿臉通紅。媽媽肯定發現了，沒有作聲。她一下下撫弄我的頭髮：媽媽就你這麼一個孩子啊，這麼一個。她說完再也不吭聲了。後來她緊張地抱住我。只一會兒我就想哭。我一這樣挨近媽媽就想哭。這是一種幸福的感覺。太幸福了，就得哭。我想一個人到了沒有媽媽摟一下的時候，又深又長的悲痛就該來了。這種悲痛躲也躲不開。媽媽摟緊了我。

「孩子，你整天不說話，爲什麼？整天寫、寫，這會得病的……能告訴我你怎麼了嗎？告訴媽媽。」

我直盯盯地看著。我沒有可說的，因爲我不愛說話是天生的，這並不爲什麼。平時，我最感動最喜悅，想大聲嚷叫的時刻，也是緘默，最多只不過是找一張紙，飛快地寫畫一陣。

這才給我歡樂，讓我痛快。媽媽說老寫會得病，她錯了。我的筆和手給縛住，才會得病。

媽媽離開後，我長時間什麼也沒做。我在想媽媽提出的問題。爲什麼不說話呢？眞的，在家裡，我常常一整天不吭一聲；還有時間更長，可能是一個星期不吭一聲。有一次，最長的一次，我大概一個月沒怎麼說話。爲此繼父暴跳如雷，說要把這個啞巴的嘴用鐵棒撬開。幸好他沒有那樣做。那次媽媽把我領到一邊，一個勁催問：爲什麼爲什麼？我像沒有聽見，兩眼發直看著。她急哭了。我的心軟下來了。我愛媽媽。憑著這愛，我用小得只有她和我兩人才聽得清的聲音說了一句：

「我的喉嚨疼。」

後來當然有醫生來家裡，用竹板壓我的舌頭，又翻我的眼皮，脫去我的衣服仔細看。結果醫生搖著頭走開。醫生留下的是一些無關痛癢的藥片，不是維生素就是鈣片，我一粒也沒動。醫生第二次離去時對媽媽說了語重心長的一句話：性格啊！

媽媽有時坐在我面前，摸摸我的額頭，表示著她的歡欣。她還多次吻我的額頭，不過那是以前了。現在她用手代替了嘴唇。我暗暗觀察過自己的額頭，我得說它不算難看。不過它讓媽媽喜歡成那樣，總還是不解。她說：你爸不大聲呵斥就好了，你呀，就不會這樣悶著了。

她的嘆息是我最熟悉的聲音。直到我長大了，長得比一般人都要大一些時，還是常常記起媽媽的嘆息。有時偶爾聽到人群中有誰發出一聲長嘆，我立刻會想起媽媽。善良無奈的人，惟一的辦法就是發出這長長的一嘆了。

媽媽從來無法阻止繼父的狂躁。他有顆帝王心，當不成，就在家裡撒野使威。他發火是隨時隨地的，大瞪雙眼看媽媽，看我，動不動就嫌我妨礙了他。我也只能躲著他。我更不敢吭聲；從剛有記憶的時候就是這樣——那時還沒有這個繼父。奇怪，我怎麼那時也不敢吭聲？

我一想起這些就暗暗吃驚，有時眞想大聲問一句媽媽：是誰嚇著了我啊？是什麼時候？是在娘胎裡，或更早更早的時候？有人說一個人投生之前只是游動在空中的無形顆粒，它的名字叫「靈魂」。大概我的「靈魂」被什麼給驚嚇了，一定是這樣。

所以，儘管媽媽把一切罪過都推到了繼父身上，我卻不以爲然。我寧可相信那個醫生留下的格言般的短句：性格啊！

六

繼父的槍一枝一枝羅列在那個黑色的木架上。那是在他的臥室，一架大床對面。我有一次從門口走過，不經意地往裡一瞥發現了。繼父自己睡在一間屋裡，那是全家最神祕最陰暗的一角。我隨時都能嗅到從那兒散出的硝藥氣味。他的屋子除了這些槍枝，還有幾把陳舊的刀劍。一把老式馬刀帶著豁牙掛在床邊，媽媽說那是他親手從一個外國將軍手中奪下的。傳說中，他隻身一人逮住了將軍，是嗎？媽媽說不知道。

繼父不在家裡，我總想溜進他的屋子。除了看看那些刀劍之類，還想偷一點紙。他有集聚各種吸菸紙的癖好，又白又薄的、粗糙發黃的，他都要。大概這些紙堆在一起，放在某個角落了。它們在那兒誘惑我。我相信全城再也找不到這麼漂亮的紙張了。那時我對紙有一種渴念，就像饞一種甜食，飢餓感陣陣襲來。那時的這種感覺一生都忘不掉。白天，當我從窗上發現他提著一疊紙走進院時，立刻因飢餓、因突發的一陣攫取欲不能實現，難受得閉上眼睛。

終於有兩次，我進入了他的房間。當時媽媽也不在。我竟然來不及去看那一排槍，一進門就蹲下看床底。我想這些紙會整整齊齊碼在床下的一個紙箱裡。床下果然有三個紙箱，我一個一個打開。讓人失望。一個裝了破鞋子，一個裝了廢棄不用的螺帽、釘子、槍上卸下來的什麼部件；最後的一個則盛滿了火藥。這些火藥竟不全是黑的，而是五顏六色，像彩虹。它的旁邊是銅彈殼，他有時一個人蹲在那兒吭吭哧哧喘，就是往空彈殼裡裝火藥。聽人說城裡有一個獵人自製火藥時被炸傷了。可是我們家裡一直沒有那種可怕的事情發生。

找不到紙，回身仔細看架上的槍。它們都給他的汗手浸得黑紅，滑膩膩的，連槍管也是這樣。有兩枝槍口還堵了棉花，我取下棉花嗅了嗅，聞到了比菸末更嗆人的氣味。我往槍管裡瞄了瞄，裡面裝滿了黑夜。那兒有無數慘死的生靈在呼叫，它們哀哀地眼神、絕望悲憤和垂死的面孔，都在一霎時看到了。

環顧了一下這間陌生的、懸掛了蛛網的屋子，就要離去。可就在這時，我從那張大得可怕的床上發現了什麼：一點紙角從鋪開的軍大衣領子下伸出。掀開軍大衣、褥子，我一下子呆住了。

原來這個貪婪的人用一疊疊紙鋪在床板上。這麼多，大約有幾千張！每一張紙都漂亮得不可思議，有的是糊窗紙，有的是紅藍彩色紙，還有碼頭上用的貨單。我想起繼父在陰雨天叼著彩紙捲成的喇叭菸，明白無論什麼時候，只要他想抽菸了，就伸手到褥子下一抽。

我滿懷敬意地看著這些紙。它們像我一樣沉默。我似乎明白了它們此刻火熱的、急切的心情。

爲了不讓繼父發現，我只取走了很小一疊。我那麼興奮，一回到自己的屋子就關上了門，不顧一切地寫起來。

沒有人能夠理解那個年頭的我，我和紙，我的心情，我莫名其妙就要湧出眼眶的淚水。我在心裡呼喚著媽媽、未曾謀面的外祖母，以及那個身材瘦削的男人。他就是我真正的父親啊。我的思緒最終停留在他身上。我好像在一瞬間看清了他的全部，也明白了一切。我於是急忙伏在了紙上，記下來，全記下來。由於用力很大，筆跡都刺破了紙頁。

我的父親是個詩人。

我緊緊盯著自己剛剛寫下的這一行字，直到雙眼發酸。幾粒淚珠從眼瞼滲出，但我斂住了聲息。接著右手又動起來，像是被一種未知之力推動著一樣，又添上了一些字。於是就變成了這樣一句話：

我的父親是一個身遭不幸的詩人。

七

我這一生過得不易。今天的孩子能否經歷我這般變故、這多苦難，我還不敢肯定。從小到大，到接近衰老，我常常短缺人的生存所需的最基本的東西。真的，我和我的同時代人時不時地短缺這些東西，有時快要過不下去，快要死了。

比如說，我剛剛學會寫字就缺紙。今天的孩子會說：笑話！紙還沒有嗎？沒有。眞的沒有。國家到了特殊時期，就是沒有紙。許多報刊停辦了，印書的紙黑得沒法讀，連課本也是劣得不能再劣的紙印出的。要找一塊未寫上字的、比手掌大點的紙片，那是多麼難哪！因爲缺紙，窗子黑洞洞，因爲只能用舊報紙糊窗。

我發癡地搜尋紙張，從一切可能搞到的地方下手。我踏著木凳，把屋裡的頂棚撕下了好多，因爲它的反面可以寫字；後來我又從角落裡找到了許多年前的一卷日曆，它的反面也可以寫字。當時我看誰有一張格子信箋或稿紙，會羨慕得流出口水。我無意間讀到了一本書，上面講中國的四大發明，其中一項是造紙。我神往地看著，好多次萌動一個念頭：動手造紙。

想想看吧，想想我的繼父在城裡是個多麼厲害的角色，他居然可以在當時擁有這麼多紙、各式各樣的紙！書上對擁有許多土地的人叫「土豪」，那麼依此類推，可以毫不合糊地講，繼父是一個「紙豪」。

打倒「紙豪」！

可是很不幸，我沒有辦法更多地分享他那駭人的擁有。我那些寫不完的字跡，都畫在了各種寒酸、瑣碎的紙頭上。在學校裡用的作文本雖略好一點，但它太薄太薄了，而且也是黑紙做的，如果我放開手去寫，只需要一兩天的時間，反正面就可以寫完。

關於缺少食物、以至於餓死成千上萬的人，這方面的記載多極了，用不著我去饒舌。記得那是我長得更大一點的事兒，那時突然就沒吃的東西了，哪裡也找不到。當然了，全城的人都餓得喊起來，接著人瘦了，再接著不少人就餓死了……沒有餓死的都是幸運者，所以說我們全家都是幸運者。

與別人不同的是，我這一生，別人短缺過的，我也無一例外地短缺；別人曾經擁有過的，我卻照樣短缺。比如說因爲我要不停地寫，所以缺紙的記憶對我來說是銘心刻骨的（也因爲這樣，我這一輩子，每逢看到那些糟蹋紙的人，就會覺得是罪犯中的罪犯，壞到了不該饒恕）。除了這些，我缺少的、人生必該擁有而我卻全然沒有的，還有許多。我生下不久就缺少了父親，後來儘管有了一個，但我已經說過，他算不上。我大半生還缺少說話的場合和機緣。爲此我苦了好久，苦苦不能如願。我不能張嘴，總是有什麼如鯁在喉。這可怕的感覺是我的生父、也是我的繼父、是看不見的什麼造成的。如果依了媽媽的判定，我是被暴烈的父親嚇走了魂，那麼以後呢？我離開他以後呢？我又是被什麼嚇走了魂？

我正在壯年時就害了大病，以後大病不斷，幾次死去活來。這都是因爲不能及時把心中的鬱積吐出造成的。它們在心裡結成了硬塊，把我害了。

還有許多年，我缺少愛情。人到了一個時候總是很需要愛情，它的重要性並不亞於食物。在長達十年或更多年裡，我缺少它。想想看我多麼悲哀。至於這些，不是我們現在所要討論的，那也就罷了。

接著說我那天從「紙豪」處得到戰利品不久的事。出於興奮，我寫了許多，特別是寫下了那句致命的、連我也不解的關於父親的話。

這句話被母親發現的情景，值得我記下來。

本來那些寫滿了字的紙片都被藏了，藏在一個很安全的地方：被子裡。因爲繼父從來不翻動被子。那天下午我從學校回來，進門後覺得屋裡安靜極了。往常不是這樣。繼父在時不用說，他總是弄得到處亂響；就是母親一個人在家，也要忙著做家務，裡裡外外忙。門虛掩著，屋裡肯定有人。可是到處沒有一點聲音。我推開自己的房間時嚇了一跳：媽媽伏在被子上，肩膀一抽一抽。

她抬起頭時我才明白，她已經哭了很久。

那被子已換過了新套子，不用說她整被子時看見了那張紙。媽媽很少流淚，更不用說哭成這個樣子。我害怕了。寫了那句話的紙就捏在她的手中，此刻已被淚水打濕。

「孩子，你怎麼能這樣寫呢？我眞不敢相信這是你寫的——你聽誰這樣說了？」

我呆望著媽媽，還沒有從驚駭中醒來。天哪，我不過是無意中寫出了這樣一句話。我的腦海中又浮現出那個消瘦的男人。這時我肯定的是，我一準見過他。而且，我愛他，從心裡深深地愛。這種愛今生也不會變了。我撲進了媽媽懷裡。

但我自始至終未說一句話。

八

老師是個大辮子姑娘，有點胖，無論是人多還是人少的場合，總是喜歡頌揚我的繼父，講一些他的故事。那些故事我都聽過一千遍了，什麼單槍匹馬生擒外國將軍的事兒。她講的時候緊盯著我，兩眼閃著光澤，後來還流了淚水。

她最後總是走過來，握住我的手。我對她的目光有些膽怯。我惟一喜歡她的時刻，是她對同學捧讀我寫的東西。她說：「眞是什麼父親傳播什麼兒子啊，眞是啊！」每逢聽到這句話，我就氣得要哭。這是一種特別的惱怒，頂得我腦門發脹。她不知道那個人只是我的繼父。

（同學中有兩個也是繼父，看著他們被繼父手扯手送到學校的情景，我心裡羨慕到了極點。）

老師說：我有機會一定去看看你的父親。她說她這輩子就是崇拜英雄。我想你去吧，去看看那個「英雄」吧。你一定會後悔的。

我身邊的人沒有幾個能讀懂我寫下的這些紙片。他們有時只不過裝出很懂的樣子。其實他們即便讚揚，也離我很遠。只要有一點可能，我總是把一切寫上了字的紙片都藏起來。我並不希望別人看到，包括媽媽。一想到媽媽，我的心裡就難過，我知道這輩子再不會有誰比她對我更痛憐、更悉心照料的了。她差不多算是一個完美的人，僅僅在繼父的問題上犯了一個錯誤而已。她一開始對我寫個不停的毛病有些害怕，大聲喊：孩子，不能啊，千萬不能啊！因爲這呼喊的聲音來自她，所以我也就有了隱隱的犯罪感。

胖老師在小城裡是個受歡迎的人。碼頭工人穿著髒破的工作服走在大街上，見了她就笑。她只輕微地點點頭。有時我看到她與年紀較大的頭面人物爭論問題：一對眉梢擰起來，噘著嘴。我覺得有許多人喜歡讓她頂撞，頂撞得愈厲害愈好。但我明白，繼父不會滿意她這副樣子。

她到我們家時只有媽媽一個人在家。媽媽歡迎了她，她撲在媽媽懷中。後來兩人又緊緊握手。我在旁邊看了一會兒，退到自己屋裡去了，心撲撲跳，我有點害怕。

院門響了，繼父回來了。很大的皮靴聲讓我的耳朵受不了了。每逢此刻我就緊倚在那個老舊的櫃子上，這樣心裡才踏實。

僅僅過了一兩分鐘，我就聽到了胖老師的喧譁。後來一陣冷場。我彷彿看到了胖老師此刻那對擰起來的眉梢。我在心裡說：你算了吧，你可千萬不要頂撞那個人啊，他與別人不一樣，他吞食了很多火藥。

正這樣想著，突然傳來了繼父雷似的聲音。正巧頂棚上落下了一點屑末，我渾身一抖。他吼叫什麼我聽不清，但很快就聽到了老師的抽泣。

一串細碎的腳步，院門砰一聲響了。她跑開了。

繼父又罵了幾句。屋裡平息下來。

深夜，繼父睡了，媽媽來到我的床邊。她說老師在他面前讚揚了你，說你眞能寫啊，如何如何好，什麼父親什麼兒子……他聽著就火了，就差沒伸手揍她了。

媽媽撫摸我，一聲不吭了。她的手移動到我的嘴邊，我就輕輕地咬住了，我用力地咬了一下。媽媽抱起了我。

在學校，胖老師對我河水一般的讚頌突然就終止了。她甚至變得不再正眼看我。負責發放作文本的同學是她的心肝，她走到我面前，把本子猛地扔在腳邊。我撿起來，彈去上面的土。

胖老師說所有人，只要是稍微正常一點的人，都不會塗抹我這樣一堆鬼話。我是一個頭腦混亂、不著邊際、不可救藥的少年。我的將來一片漆黑。

最後一句可怕的咒語我倒非常喜歡。我當時欣喜地看著她，彷彿終於找到了一個知音。

「傻子，說你呢！」

我還是欣喜地看著她。

她氣得大張嘴巴，急急喘氣。但我已無心理她了。接下去她說了什麼我都充耳不聞，只想自己的事情。我的心又飛到了遠方。在那些陌生又神奇的角落，在過去和未來，都似乎有過我的聲音。這就是我不停地在紙上畫下的痕跡。我這樣想像，直想得心裡發燙，血全湧到臉上——這時候我如果是在街道上，是我一個人，我就會奔跑起來。

「一片漆黑」就是夜晚。我怎麼能不喜歡夜晚：溫暖、安靜、有趣。我的將來全剩下夜晚了，我的外祖母，我未曾謀面的慈祥老人，我要在夜晚隨上您了，讓您扯緊我的手。

這個世界上有那麼多別人不知道的奧祕，可是我記下來了。

這些隱祕分屬於逝去的人、未曾謀面的人，

還有那些無言的花草、小蝶、鳥兒、小溪、河水、大樹、各式家具……

這是眞實的。

一

如果眞有個神靈，那就祈求你了，求你快把我們身邊這個舞槍弄棒的男人領走吧，無論是上天堂還是下地獄。神靈無所不能；而在這個城市，看來沒有人能對他做點什麼……這一天，他好像是醉酒了，摩托車把街上的什麼撞了，麻煩不少。他回家就罵，不過我和媽媽都聽出他在罵自己，而且口氣裡有些膽怯。港長親自來了，兩人關在屋裡。繼父偶爾罵一聲，不過聲音比平時低多了。我想他肯定遇到了大麻煩。

第三天我和媽媽才知道，我們家裡眞出了大事了。繼父把街上一個人撞成了重傷，正是腰椎部位，醫院斷言這個人要下肢癱瘓。天哪！媽媽哭著：這個人是個男孩，才剛剛十五歲，那一天正背著書包走在人行道上……

我不敢想一個十五歲的截癱少年。恐懼、震驚，還有深長的犯罪感和愧疚感，壓得我喘不過氣來。

後來的十幾個夜晚我都嚇得大氣不出，幾乎沒有好好睡過。我常在半夜倚緊了那個老式木櫃，輕輕呻吟。

媽媽不讓我出門，也不讓我上學。我不問爲什麼，但我知道全家都因爲繼父遭遇了危險。這危險很大，我朦朧間覺得危險會伴我很久。

當時我只發現有穿便服的人在四周遊動，後來才明白那是港上派來保護我們的。原來那個孩子的父親幾次找繼父拚命；有人威嚇他，他就發誓說，總有一天要把我的下肢也弄殘。

這是多麼可怕的消息。那個模模糊糊的預感終於被證實了。可奇怪的是我反而一點都不害怕了。事情到了這一步，我不害怕了。

這事兒直鬧了半年多。港上包賠了致殘者一筆很大的錢，據說市裡的頭兒也想親自出面幫繼父說情，這事才算穩定下來。

那個招災的傢伙自己倒能沉沉入睡。他粗重的呼吸透過牆壁傳來，讓我恨得牙痛。他這之前早就自由出入，彷彿壓根就不把那個人的威脅放在眼裡。但我發現，他出門時總要把什麼掖在腰裡。那是一枝短槍。我過去從來沒見他的短槍。

他照常到遠處打獵，照常馱回一串血淋淋的獵物。我和媽媽不吃他打來的東西，他就自己燉了吃，還送給港上的朋友。院子的鐵絲上懸掛了不少動物毛皮，它們在風中詛咒那個人。

媽媽總是叮囑我出門小心。只要我回家晚了，她一定會在街上等我。有一天她站在離我們家兩道街口的路邊等到我，扯著我的手就走。走了一會兒，我發現並沒有朝自己家方向走。媽媽背了一個大包裹，這也奇怪。

我們走在一條又深又窄的小巷裡，媽媽正細細看門牌號。在一個土灰色小木門前，媽媽輕輕敲著。許久，裡邊沒有一點聲音。媽媽又敲，敲敲停停。

門開了。一個滿臉鬍茬的中年男人，目光像錐子一樣。媽媽聲音很小，很艱澀地說了什麼。

男人肩膀一抖，胸膛中間凹了一下，使勁一咬自己的嘴唇。

媽媽乞求他讓我們進去。他沒吱聲，閃開身子。小院鋪了青石板，屋子小得讓人想起田野上的草鋪子，黑黑的。黑影裡有個童聲在唱歌，不停地唱，一句也聽不清。一股刺鼻的氣味撲來。我愣了一下，媽媽扯了扯我。

窗子那兒有一團光亮，坐著一個蒼白的少年。他的兩眼黑得要命。他平靜地看人，眼裡的淚還沒有乾。原來他剛才是一邊哭一邊唱。

他永遠也站不起來了。

我如果不是被媽媽扯住，會立刻逃開。我心裡承認，只有在這個時候，我才想起身旁這個中年人發誓要把我弄殘。我不敢看他的臉。

媽媽伏身去摸少年的臉。少年僵了一樣。

二

截癱少年叫永立。我知道「立」就是站著的意思。這眞是個讓人流淚的名字。媽媽那一天哭了。我想她就是爲這個名字而哭的。回到家裡，我忍不住心口的燙痛，一直伏在床上。

這天我在心裡對那個夢中才看得清的瘦男子說：這兒發生了天底下最可怕的事，它就在眼前，是我親眼所見。我不知該怎樣做、做點什麼？

我總覺得那個目光刺人的中年男子必定會做點什麼。他不會就此罷手。那一天他沒有對我們說一個字，一聲未吭。媽媽從大包裏中取出了許多東西，有衣服、糕點、書籍，一一放在炕上，那個少年眼中射出感謝的光。可是他的父親一聲不吭。

媽媽擦著眼睛，一下下撫摸孩子，流著淚走開了。

我在心裡說：當那個可怕的報復臨頭的時候，這兒的任何人都不要怕。要迎上去，因爲這是應該的，因爲它應該發生。這個結果落在誰身上都行，就是不能落在媽媽身上。只有媽媽才是無辜的。

那個只能坐臥的少年怎麼走出屋子？怎麼去看碼頭上的大船、白色的沙子、滿天飛舞的柳絮？街上有多少人、跟在人身後的狗和貓，還有各種各樣的……我永遠爲永立難過。

他的不幸被我遇到了，並且離我這麼近。我不明白那個作孽的人還怎麼活下去。我一連多少天觀察他的臉色，發現他還像以往一樣。原先我估計他身上的一部分活氣兒會因那個少年的傷殘而消散。沒有。鐵石心腸。我只有詛咒他了。我把詛咒的話寫了滿滿一張紙；我爲這無頭無尾的語言的河流而驚訝。

那個少年比我大幾歲，應該是我的哥哥。

有兩次我悄悄來到那個陳舊的小門邊。沒敢伸手敲門。我傾聽著，希望聽到他流淚的歌唱，沒有。

第三次我終於敲門了。開門的是一個中年婦女，頭髮亂得像鴉鵲窩。她把我當成了兒子的同學，點點頭就放我進去了。

永立像一隻大貓一樣伏在窗前。他聽到聲音轉頭，費力地爬過來。這時他母親從角落裡推出一輛木製四輪車，上面有一個殼斗。我認出這是老式童車。永立裝進那個殼斗裡，沒有知覺的兩腿搭在斗外……

後來的日子裡，我就用這輛車推他走出院子。在細長的小巷上，他輕輕唱起。我忍住了眼淚，低頭推車。還是我原來聽過的歌。不過這聲音愈來愈小，最後就像自語。

我們去了碼頭。白色的大船在輕輕移動。碼頭工人看我們幾眼，就忙自己的去了。起重機的絞盤發出沉重的磨損聲，永立搗上耳朵。我把車子推開。從東西大街上走過，到了十字路口又往南。路口東側有一個修鞋的攤子，我們看了一會兒。

天黑前我們又去了碼頭圍牆北邊的雜樹林子。這是我經常光顧之地。我在這裡常常一個人待上半天。這裡最適合自己。當我盯著一株蒲公英或是馬尾蒿沉默時，心裡的話語正像滔滔的河水……

現在我們一塊兒沉默著。

三

每到陰雨連綿的天氣，繼父就煩躁不安地來回走動。這樣的天氣他不能出去打獵，也做不了自己想做的其他事情。媽媽對我說：這樣的天氣他身上不好受。他的肋骨有傷，後背也有傷。這些傷怕壞天氣。這話讓我很快想起了臥在窗前的永立，心中立刻被悲憤和憂愁填滿。

他坐在門口喝酒，旁邊是菸筥籮，一點下酒的花生米。他搬弄起槍枝，仔細地擦起來。我從側屋的窗戶往外看，生怕被他發現。我想起了幾年前在動物園看到的那頭熊。牠弄傷了前爪。他的背像牠一樣厚，可是抓槍、捏花生米的模樣，又顯得無比靈巧。

小雨無聲無息，一點風也沒有。院子和屋內一樣，聲息皆無。媽媽不在身旁，她到一邊忙去了。

這時我突然發現有幾隻靈巧的動物在樹上奔跑：三隻或四隻松鼠從樹冠上下來，在草地上雙手抱起什麼，細細地啃。我被牠們吸引住了。

牠們吃東西的樣子有點像人，可是我敢說比人的舉止更爲優雅灑脫。在這個陰雨天裡，牠們多麼快樂。如果不是門口那個人，我會不顧一切地奔到院裡。

正看著，突然離橡樹遠一點的那隻松鼠頭一歪倒在地上，四蹄抽搐起來。我懵了，弄不清發生了什麼。當我一回頭看到繼父在端著槍，就發出一聲大叫。已經晚了——第二隻正在吃東西的松鼠也倒地抽搐。沒有槍聲，他使用的是那枝氣槍。

我渾身打顫。繼父提著槍隔窗咆哮，把菸蒂吐在地上。我跑出去，跑到倒地的松鼠跟前。牠們沒有希望了，眼裡最後的一點活氣也在消失。撲鼻的血腥味兒淹沒了一切。

（我覺得是自己被兩顆子彈擊穿了。）

他提著槍，跺地有聲，只一搶就把我摔到了一邊。他繼續罵。他說要不是因爲我這個倒楣鬼，四隻松鼠都是他的了。

媽媽一直沒有出現。她正在屋裡擦洗什麼。就像過去一樣，天大的事兒在她不知不覺中全發生了。

雨下著，無聲無息。我知道每年都要有幾次沉默的雨，而每一次，都要發生點什麼極壞的事情。

那一疊疊紙片，有的就記載了那些傷心的事。兩隻松鼠的亡靈在濕淋淋的雨中向我哀號，聲音尖亮逼人。我是全家惟一聽到這悲聲的人。

大約用了一個小時左右，我寫滿了六張白紙。爲了節省可愛的、對我來說是至關重要的紙，我已經習慣於把字寫得小而又小。媽媽的眼睛不花，可是她也要費力地看。繼父那雙空洞粗疏的眼睛壓根就看不懂這些字跡，他是個眞正的睜眼瞎。這個世界上有那麼多別人不知道的奧祕，可是我記下來了。這些隱祕分屬於逝去的人、未曾謀面的人，還有那些無言的花草、小蝶、鳥兒、小溪、河水、大樹、各式家具……這是眞實的。它們和牠們有奇怪的、對我來說卻是易懂的語言。我們的種種交談都悉數記下。我不能停息。

媽媽，她該讀得懂啊。

可是媽媽膽小、害怕、善良、美麗。

這個嘈雜的人世啊，有誰能配得上媽媽？我一次次想望那個消瘦的中年男子。我早在心裡認定他是眞正的父親，而且是一位詩人。

到底什麼才是「詩人」？媽媽能清清楚楚告訴我嗎？媽媽當然知道，她不知道，就不會和他一道生下我。可是媽媽無論如何不會告訴我。那是她自己的祕密。

我現在有了最重要的朋友，他就是那個坐在兒童木斗車裡的永立。

我恨那個寒酸的、擱不下他一雙長腿的兒童木斗車。我總琢磨著爲他買回一輛光閃閃的輪椅。我在海港東路的商店裡看見過這樣的輪椅。

四

我趴在床上那會兒，那個可惡的傢伙已剝去了兩隻松鼠的皮，親手熬了一鍋湯。他好像把陰雨天裡的煎熬全部忘卻了，得意地在桌上擺好了碗筷，把湯分盛了，高一聲低一聲地喚起來。

三個人坐在桌前。我站起來，媽媽又把我按下。他喝了一口湯，大聲讚嘆。又喝酒。他接連喝了兩碗，臉色紅紅的。他已經喝了一天酒。這會兒他才發現我和媽媽一口湯也沒有喝。

「喝！」他喊了一聲。

媽媽說：他不喜歡這氣味，你就別硬讓他喝吧。

他盯住我。我還他同樣的目光。我極少有這樣的勇氣。我覺得在陰雨天氣裡格外有力。眞的，他把目光轉向了別處。後來他把我的一碗湯也挪到了媽媽面前。

白氣飄在媽媽眼前，她把頭轉開（我差不多又看到了那兩隻可愛的、一蹦一跳的松鼠）。

他聲音低低、卻是格外凶蠻：喝。

媽媽抬頭看著他。我從昏暗的光線中卻看到了她鬢上有幾根白髮。這是我第一次發現。

媽媽端起碗，手有些顫。碗剛沾上嘴邊媽媽就嘔吐起來。她吐得嚇人，眼淚嗆得掛了滿臉。我抱住了媽媽。

他的罵聲像風聲一樣在屋內呼嘯。

我扶著媽媽回到房間。我跪在床上，這樣我的眼睛與媽媽的一般高。我看到她掛了淚珠的睫毛又濃又長，鬢上是那幾絲白髮。

這個夜晚媽媽一直摟著我。沒有說多少話。這回她該知道那個人有多麼可惡、多麼卑劣了。她什麼都知道。我想告訴她：我們走吧。去哪兒？哪兒都成。當然，最好我們去遠方，去我們手牽手開始走路的地方。

黎明時我醒來，看見媽媽正在等我。我說：媽媽，我要買一輛輪椅，很漂亮的輪椅。媽媽說那需要很多錢的。

可是我一定要買那樣一輛輪椅。

我曾把積在心裡的一個疑問提出來——這是我一直害怕的一個話題：港上不是給了他們家很多錢嗎？爲什麼他們就捨不得買一輛輪椅？

媽媽嘆氣：沒有太多的錢，不是別人傳那麼多。這一家人實在太窮了，這筆錢的大部分抵了債。

我再也不問了。我知道，從這一刻開始，媽媽要和我一起攢錢了。

那個人不注意時，我偷賣了他懸在鐵絲上的幾張毛皮。我還賣掉了院子角落裡的廢舊鐵塊、銅絲之類。學校勤工儉學時我熟悉了三種以上的草藥，只要一有時間，我就去海灘雜樹林裡採藥。

這期間我幾次去那個商店，這輪椅啊，它鋥光瓦亮，是我的至寶。

我忘不了這個中午：媽媽從衣兜裡掏出一個紙包交給我。五十元錢。我的心撲撲跳。我已經有了五元。五十五元，正好可以買回那輛寶貝車子！

懷揣這筆「巨款」，雙眼迷濛。我看到媽媽滿臉都是喜氣。她在用目光催促我。她不願與我一起去那個商店，不想分享我的快樂。媽媽。

直到後來我都忘記問一句，她這五十元錢是怎麼來的。當時這不是個小數目，而她在家裡又不管錢。

不敢回想那幸福的一天，那每一個細節。反正這輛鋥光瓦亮的輪椅推到低矮的小屋裡時，那兒的一切都變了。小屋再不像過去那麼昏暗。永立在木斗車裡發怔，直到被抱上輪椅還怔著。他母親感激的話語反而讓人難過。

我幾乎一刻不停地推上永立出門，一直跑上大街，又向西繞過港口的圍牆，一口氣來到海邊。

在一處水泥平台上，我們望著碧藍的遠海，又低頭看水面的游魚。這個平台可能是當年廢棄的漁船泊位，離水平面有十幾米高。永立小聲咕噥什麼，我後來聽清了。

他說過去曾在這兒練過「跳水」。他熟悉這裡的一切：水底有麥子一樣的水草，有一條黑色的扁魚。

我們戀戀不捨地離開了平台。

輪椅的「粼粼」聲動聽極了。這鍍得光亮的部位可以映出人。永立要自己撥動它前進。他的雙臂眞的非常有力。他一定要憑自己的力量向前。就這樣，他甩開我，到前邊的松林裡去了。

那兒無聲無響，只有微風。

我看了一會兒搖動的樹梢，跑了過去。

永立在看松林深處。但他從腳步聲得知我走近了。他說：我爸會殺了你爸。

我蹲下來。這樣會清楚地看到他的臉。

可是他把臉轉到一邊。

我早就聽過這傳言。可是它沒有發生啊，到現在什麼也沒有發生啊，時間過去快一年了。

五

繼父出去打獵，背著一個大背囊走了。這說明他要在外邊待一段時間。每逢他心情好的時候，他就要出去躥一趟。但他獨處野宿的日子總不會長，最多不過一個星期。一個星期對我來說顯得太短暫了。

港上的人偶爾來家裡問一聲，表示關心。頭兒從不對那個居功自傲、不辭而別的人埋怨什麼，只是擔心他酒後出事。事實上如果真的有個三長兩短，港長也吃不消。在這座城市，繼父像是一個被交付託管的奇怪角色，又臭又硬，只是沒有招惹。託主會是很嚴厲的一個人。那個是誰、叫什麼，都不知道。

那個年頭，誰想到繼父這樣的人還會如此厲害呢？但事實恰恰就是這樣，信不信都行。這一回他離去的時間不短，大約有十幾天。港長急了，一連來問了兩次。媽媽說不清，似乎不太急。因為她知道男人是個耍刀弄槍的好手，更不會餓了自己的肚子，出事是不可能的。港長讓人去尋。港長一急，鼻子紅得像櫻桃。

媽媽說他一般都要到北邊的林子裡，有時往西過河，去打更大的動物。那裡有狼和狐狸。

第四天，港上的人回來了，說到處都找遍了，沒有影子。媽媽有些著急了。可她還沒有急到跑出門去的地步。

他們問了媽媽幾句，重新返回了林子。

我不記得是否對媽媽說出了那個凶險的判斷。反正我在紙上寫了許多，密集如蟻的文字透露了一切。媽媽看到了，大聲問我：這是眞的嗎？這是誰告訴你的？我的孩子，我的孩子！

她眞正焦急了。可憐的媽媽。

幾乎是一刻不停，她扯上我的手直奔港長那兒去了。一切都非我所願。因爲我模模糊糊知道，繼父這樣的人不會有什麼危險的。他是天生送給別人危難的人，他跟妖魔鬼怪、黑煞神之類的有過約定，合起夥下來折騰人間。

就在我們到了港長那兒時，一幫出門尋人的也回來了，一個個喜氣洋洋。我和媽媽都明白了。

原來繼父出門打獵的第五天轉到了河西，接著是傷風，後來發燒愈來愈重，病在了林子裡。他偏偏有福，讓河邊上一戶人家背回去。他在那裡一住就是這麼多天。如今他還在那裡待著，人瘦了一些。

港長馬上派車去接，媽媽和我一起上車。

這輛破舊的吉普車是港長的寶貝。它讓我想起永立和他的輪椅。吉普車剛出城時，簡直是順著輪椅的轍印往前。後來深入了林子，轍印才不見了。吉普車在鬆軟的窄路上顚簸。同去的是港長身邊的一個人，兩次尋繼父都有他。這個人長了一副鷹一樣的圓眼，全港的人都怕他。可他惟獨對繼父畢恭畢敬。我有一天親耳聽到繼父用粗話罵他，他還嘻嘻笑。這些年限的人，我搞不明白他們。繼父當面和背後對他都使用同一個稱呼：鷹眼。

有鷹眼領路，車子順利地穿過一片林子。我不記得走過這些地方，對那密密的針葉松感到陌生。松樹中間有槐林、柞木和小葉青灌木，有濃旺得令人驚嘆的紫穗槐。蟈蟈叫得比鳥兒還要響亮，大麥草上總凝著一隻蜻蜓。天空永遠有個把百靈在歡歌，瓦藍的穹頂飄著白絮。這地方好得讓人心裡發顫，我在心裡琢磨：有一天一定要把永立的輪椅推過來。

過了吱吱扭扭的木橋，河西就到了。河西岸有一條彎彎的、通向北方的小路，路旁全是銀灰色的艾草（這顏色讓我想起松鼠的長尾。沒有辦法，我又恨起了那個人。我握緊媽媽的手。就要見到他了）。

小路把我們引入一片密密的槐林。一入槐林，首先聽到的是老野雞沙啞的嗓子。酸棗棵擠在一起，火紅的棗子像在等人伸手去摘。這個地方啊，我明白爲什麼繼父賴著不走了。

一隻狗在前邊吠，槐林間的空地上有了一幢褐色草屋。鷹眼說：到了。

六

這是護林人的屋子，做得像拐尺：正面三間，拐過來又是三間。拐過的三間主要堆放柴草和雜物，正面的三間才是睡覺的地方。滿屋懸掛的都是乾蘑菇、藥材、辣椒、一些誰也不認識的乾菜。一種清香味兒讓人嗅個不停。護林人夫婦的樣子比實際年齡幾乎大一倍。其實他們剛到四十歲。媽媽和鷹眼都到東間屋裡去看繼父了，我故意拖延了一會兒。

那邊傳來高高低低的說話聲。我聽到了他粗壯的聲音。我猜得不錯，他怎麼會遇到危險呢。

一會兒護林人和鷹眼出來了，只把媽媽留下。他們催我快去，我點點頭。護林人對鷹眼說：這個人可眞怪，那會兒我們在沙崗下邊看見他，眼見得人不行了。去請醫生也來不及，就燒了草藥給他喝。第二天俺睏了，半上午才醒來，是被一聲槍響嚇起來的。天哩，他坐在窗前，槍筒擱在櫺子上就放。一隻大山雞讓他打下來了。

鷹眼笑得像個女人。

媽媽正好出來，她領我走進繼父的屋子。

他的落腮鬍子濃密無比，一對大眼有點像貓，新奇地盯住我。這是一隻野外動物才有的眼睛，我已經許久沒有看到了。一絲笑意從眼中流出。

只是一會兒的功夫，他又把臉轉向一邊，咕咕噥噥說起了粗話。我知道他這時的粗話並無惡意。

罵了一會兒他轉過臉，對媽媽說這地方好極了，他準備在這兒過冬。媽媽說：這是人家的屋子，你得回到自己家才是。他說：要不是我們當年的血，他這邊兒說到底也是白區。什麼他的我的，一樣。媽媽嘆氣，他笑。

一股濃濃的、從未聞過的香氣湧來。他呼一下從床上爬起，大叫：有吃物了。

原來隔壁正在爲我們做飯，白白的蒸氣從門洞冒出。我和媽媽去幫炊，進門看見鷹眼在刮一根山藥。這山藥有兩尺多長，手臂一般粗。

白木桌上擺滿了各種菜肴，黃黃綠綠，都是林中出產。有好幾種野果從未見過，甚至有兩種鮮花也作爲食物擺上了。我長時間伏在桌旁，直到媽媽把我引開。

護林人在屋外走來走去，我看出他在等人。約莫過了半個鐘點，林子裡響起了腳步聲。一叢槐林枝被撥開，閃出一個穿紫花衣服的女孩。她身旁是早已跑去迎接的花狗。她和我的年紀差不多，斜背了書包，垂著眼睛，彷彿什麼都不在意。護林人說：來客人了，小雪，小雪。

多亮的眸子。我垂下了頭。我從沒見過這樣的眼睛。

我聽到了她熱情歡迎的聲音（是「心聲」。因爲這聲音除了我，不可能再有人聽到）。

護林人夫婦絮絮叨叨，繼父從隔壁出來了。鷹眼開始盯著繼父的酒瓶舔嘴唇了。可是這會兒，我覺得一切都被一種純美動人的「心聲」給淹沒了。

我像遇到了一個十幾年前的朋友，我們曾經親密無間。眞的，這事兒許久之後還讓我覺得奇怪，我不得不常常琢磨。

整個吃飯期間都一片嘈雜。惟有兩個人一聲未吭：我和小雪。我們甚至沒有互相看一眼。我自己是沉默的，我差不多喜歡所有沉默的人。我是最能理解沉默者的。沉默也不是無緣無故的。正像我曾在自己身上探求沉默無語的原因一樣，我也會在小雪身上探求的。不過這將是以後的事情。我們會有無數的「以後」嗎？

鷹眼與繼父比酒量。繼父興奮得雙眼往上吊。他每到了這時候雙眼就吊起。媽媽也像往常一樣，無可奈何地看著。鷹眼說如果繼父能一口灌進那一大盅酒，他一定學烏龜在地上爬。繼父毫不猶豫地仰臉灌下。媽媽「啊」了一聲。

鷹眼喘著粗氣爬行。我和小雪一前一後走出來。

我隨她走到拐過去的三間屋子。在盛滿雜物的兩間屋子旁邊，有一間小小的、然而是無比整潔的屋子。這才是她的地方。

（這地方好像是在什麼時候見過？夢裡？）

一張小棕床，旁邊是小桌、一個矮小結實的竹子書架，迷人的書。她親手編的蟈蟈籠懸在牆上，裡面沒有囚徒。床上有一個小櫃子，沉沉的。

她從角落裡翻出一疊紙。這些紙又軟又薄，可愛極了。這紙讓人羨慕，產生小小的嫉妒。上面畫了水彩畫，畫了林子裡才有的東西。野雞和貓、狐狸和短耳鴞。一頭馱木柴的黑牛，牛鼻上拴了鐵鉗，牽韁繩的人小而醜。有一張紙上僅僅畫了一隻鳥的臉，毛絨絨的，但神氣卻極其像人，比人美。我想我即刻就能把她畫出的東西用字寫出來。她畫牠們時心裡有歡樂有痛苦。她是忍不住了。她和我一樣，總是忍不住。

我有時常想在空無一人之地大聲呼喊。我不知道要喊些什麼，也不知道自己爲何要喊。更多的時候是緘口不語。我只能不停地寫。我很想告訴她：知道嗎？我們有許多許多一樣的方面。

她不安起來。我從她的目光中看到了，她正不知要做些什麼才好。

這樣待了一會兒，她掀開了櫃子。有一股奇怪的、沉沉的香氣。她的手伸進去。我聽到了手指撥動紙張的聲音。

七

當時我眼瞅著小雪從櫃子裡拿出了一疊寫滿了字的紙，驚得嘴巴都合不攏。我未經同意就從她手中奪過來，兩眼急切地在紙上搜索。我清楚地記得，在當年，我有一種能力。我能在一些螞蟻似的字跡中發現活的東西。當時字跡都像剛剛睡醒一樣，揉揉眼坐起來，活了、動了。最後它們熱情洋溢地與我交談了。

是我的目光驚動了它們的安睡。

小雪藏在這間林中小屋寫了這麼多。她原本像我一樣。她在沒頭沒尾地敘說，她告訴了許多，告訴的時候，我敢肯定，有時還會哭呢。

我捧讀她寫下的這些字，忘記了一切。後來回憶起來，常常不敢相信這場奇遇會是真的。

我發現，小雪的每一次呼喊都留在了紙上。

我第一次遇到了一個與我如此相似的人，這個小雪啊。

我們在這幾分鐘裡就建立了牢固的友誼。誰也沒有把這麼多的隱祕，把十幾年的事情全告訴給我：她怎樣泣哭和歡笑、怎樣思念，全告訴了我。

我也會以相同的方式告訴她。她與所有的人都不同。她像我一樣，只是沉默。

我在如飢似渴地讀時，媽媽找了我許久。後來小雪聲音低緩地讀起來。我的臉轉向窗外。可是什麼也看不見。我置身於一股彩色的溪流中間。這是從未聞過的聲音，等於百靈和蟈蟈、雁鳴和河水、風聲雨聲相加一起的聲音。它無所不包。我甚至懷疑自己以前記下的那一切，不及這聲音的十分之一。

我在為小雪驕傲的同時，也明白在人世間，在離我們的城市不遠處，還有一個人像我一樣，不停地寫、寫了許多許多。

我這時感激所有的人和事，感激她、這片林子，感激無色無味的風、天上的雲，還有狗、妖怪、海神、未知的一切。

我被突然湧來的巨大感激淹沒了。這情形以前也有，但似乎不如眼前的盛大充盈。我心裡那智能容易漾起類似的念頭，那時我會把襲來的恐懼趕走，沉浸在說不出的興奮中。有時我一抬頭看到了窗外的細雨，看到在雨中變得濕淋淋的菊花葉、玫瑰刺梗、橡樹皮，就會在心裡小聲說：多麼感謝你，雨水，天氣，綠蓬蓬的植物，那隻在雨中飛去的無名小鳥，無邊的遊雲……我什麼都要感謝都要感激。

我最感激的，還是能夠喚起這感激的東西。因爲是它們牽來了我的幸福。有了這幸福，我經受的所有悲痛都不算什麼了。

媽媽喚我離開這裡。她感謝了主人的招待，攙扶著繼父上車，又回頭找我。

我當時什麼都沒聽見。

終於，那個怒氣沖沖的繼父從車上下來，找到小雪門口，對我伸著粗壯的食指。我還笑吟吟的，因爲我的心已經走遠了。小雪低緩的聲音停止了，我才看到繼父暴怒的、愚蠢的面孔。我迫不得已向小雪投去告別的目光。

那是無比留戀的一瞥。

我跨出了屋子時，小雪突然轉身取了一疊紙。我飛快接過藏在了身上。

一路上無論怎樣顚簸，我都能感知小雪送我的禮物。我把它放在貼近胸窩的口袋。她竟然送我這麼多紙，她是何等慷慨。

回到家裡，我仰躺在床上，閉著眼睛從頭回憶，一點一點回憶。

媽媽以爲我病了，過來試我的額頭，問我。她走後，我立即取出小雪的禮物。

這就是她畫畫的那種淺黃色的紙。每張都呈正方形，毛邊，略大於三十二開。這是什麼紙?一疊正好二十張。我對在鼻子上嗅個不停。我覺得它們有特異的香氣。

我實在忍不住,去問媽媽這是什麼紙?媽媽拿起來只看了一眼就說:這是園藝場用來包裝出口蘋果的紙。

她說這可能是小雪母親從蘋果包裝場上取來的。

八

永立一家最終沒有對我們做出什麼。媽媽說這是個慶幸。可是我有時竟奇怪地期待著。後來我長大了,才明白那是不可能的。人世間總有一些人在忍受。他們在貧窮中煎熬自己,有時不過要發出一些惡聲,其實等於是叮囑自己,賭氣而已。

繼父使永立留下了一生的殘疾,也就只配下地獄了。這個看法我一直沒變。

從第一次見到永立,我就覺得自己與他是命運相似的人。我好像也被那個人撞成了這樣,只不過看不出罷了。我無數次到那間低矮的小屋,伴著他。他父親一直用敵視的目光看我,從開始到結束,從沒變過(只有他母親不是這樣。世上的母親可能都差不多吧)。

永立家常常有他的同學湧進來。他們來爲永立補習功課。一開始每天永立由母親推著去學校，他總在上路前掙扎、大叫。是那輛倒楣的兒童木頭車的緣故嗎？他的母親哀求、勸說，他才不吭聲。後來有了輪椅，永立自己可以驅動它上學了。他臉上的笑容是送給我一生的禮物……

有時，我的每一點哀樂都與他有關。漸漸，我們深長的友誼無法描敘。他成了我那時惟一的哥哥，他莊嚴的神情一直安定了我。他坐在輪椅上，常常只是這副不變的神情。

他的母親告訴我，孩子過去不是這樣！這孩子能說能笑，還是全校的游泳健將……

認識小雪之前，我只把寫滿字的紙交給永立。他極其認眞地看完每一個字。我相信他深深地懂得，懂得我這螞蟻般密集的字跡潛藏了什麼。不停地、像迅跑一樣地寫下這一切，是我的命。我曾鼓勵永立也這樣——難道你心裡就沒有話嗎？難道你裝在心裡就不難受嗎？他搖搖頭。

我覺得他這一點和我不一樣：不需要如飢似渴地在紙上寫。

我看過他的作文本。那是不得不交給老師的作業。我驚訝地看著那短到不能再短的半篇，全然不解。他的句子何等乾澀又何等簡練。他好像在用力擠下僅有的幾滴水。爲什麼會是這樣？

永立極少向我提出什麼。其實我知道他渴望到外面玩。只有一次是個例外：他讓我在星期天陪他看海，去那個跳水的水泥平台……

我從小雪處歸來，第一件事就是去看望永立。我把珍貴的紙張送給了他一半，儘管他未必喜歡。我要與他一起去河西茅屋，去那個奇異的、有著竹子書架的小屋。他用莊嚴的神情看著我。但我仍從那目光中看出了欣悅。

如果不能讓永立與我一起分享，那對我來說簡直就是罪過。我領他去結識小雪，等於是交出了一份最大的珍寶。我把他領進叢林。

過木橋時，我們都發現它原來老舊得這樣，搖搖晃晃，差不多都要塌掉了。我不知道上次那輛吉普車是怎樣過河的？

（果然，幾個月後的一場寒雨中，木橋塌掉了。從此永立的輪椅再也無法推過，他就再沒來彼岸的茅屋。不過這是後話了。）

那一天我與永立在河西的經歷、那種愉快非常的情景，一直印在心裡，這是我們三個人的友誼了。我們全是一樣的人。我們三個人結識得太晚了。

那天小雪的爸爸媽媽給我們端來草莓和桃子。這兒溫暖得讓人直想流淚。一種得到了大人讚許的友誼，這在我們看來更爲動人。

小雪在我離去的這些天裡，在紙上寫了許多遍我的名字：樾明樾明樾明樾明。

她特別喜歡夜晚。天色暗下來了，野雞的叫聲一聲比一聲慵懶，暮氣降在了屋頂，發出了無聲的喘息。有一對小紅果從窗外枝頭落下，花狗飛快地跑去嗅了一下。麻雀在遠處籬笆上滾動，像是被晚霞燒傷了。小雪點上油燈，臉色更紅。臉上那一層細小的茸毛給映出來。她的齊耳短髮、眉上劉海，都讓人覺得她比我大。其實我們同歲。她低緩的聲音一響起來，就像柔柔的溪水。

我和永立一聲不吭地聽。

這樣一直到深夜。

誰也不能夠洞徹我那時節日般的快樂和興奮，還有時時在心底泛起的羨慕。我只是一點也不嫉妒。對於小雪所描繪的那些迷人的圖畫，我既熟悉又陌生。我相信這世界上沒有第二個人像她一樣，能如此清晰動人地轉敘出來。她與那一切互通聲氣的模樣、她喘息的聲音，我都看到了聽到了。

永立偶爾聽不明白。這是正常的。而我聽來卻沒有任何障礙。我一邊聽一邊在心裡說：就是這樣，真是這樣；她看到的與我想過的完全一樣……

我和永立從小雪屋裡出來，一直不能入睡，乾脆就大睜著眼迎來黎明。

九

從第一次穿過那座吱吱扭扭的小木橋時，我就知道會常常逃學了。

這也是迫不得已。這會讓媽媽生氣，而我一輩子都不想惹她生氣。沒有辦法，那個學校眞的讓我沒法忍受了。胖老師愈來愈嫌棄我，正像我愈來愈嫌棄她一樣。她對繼父的怨恨與崇拜交織一起，不能掙脫，就找我撒氣。她找錯人了，不知道我有多麼輕視她。我不想理她。

我要逃離這個學校。四周不止一個應聲蟲，他們都應和著胖老師。當年他們爲我拚命鼓掌，巴掌都拍紅了。這會兒他們說我之所以寫個不停，那是因爲魔鬼附身了。

魔鬼牽引了我，讓我在野地叢林裡躥，讓我逃學。

後來，當我被許多回憶纏住時，我總是在心裡說：但願今天的孩子不要遇上那樣一所學校，也但願他們不必學習我這個壞榜樣。

我的逃學一開始並不爲家裡人知道。因爲胖老師並不敢通報。她甚至在一段時間內認爲我的行動得到了繼父的鼓勵。

可是什麼都瞞不過媽媽的眼睛。她從我頭髮上沾掛的草屑、日漸消瘦的面龐看出了什麼。我的神氣不像過去那麼消沉，而是在冷靜的外表下被一種熱情鼓蕩著。這熱情從毛孔裡滲流出來，太陽光下很容易識別。

媽媽說：你不要跑野了腳。你一定要學好功課，媽媽就你這麼一個孩子。

最後一句話讓人心酸。我對媽媽的話句句聽，並且從很早就掂出它們的分量。我明白，如果我學壞了，那麼媽媽的孩子就全壞了。我一個人就是她這一生所有的孩子。

我該怎麼做呢？

反覆思忖，最後想我不能欺騙媽媽。我也只有一個媽媽。

我想說，我還會逃學的。我逃學是因爲不能忍受，是因爲他們絕不能容忍與自己不一樣的人，不容忍我的沉默不語。他們希望我連眨眼睛都要與他們一樣才好。我做不到，因爲我的沉默是一生下就注定的了。還有，我想那個地方和那個人——我從一開始就知道，自己終於找到了一個該去的地方。她在等我，我也在找她。我們要互相交換和朗讀平日寫下的東西。夜裡，在閃跳的燈苗下讀啊讀啊，是最幸福的事情了。如果不讓我去那兒，我差不多會死。

媽媽期待地看著我。這樣停了許久，她嘆了一聲：孩子，去吧。可你別再傷媽媽的心……

這時我的淚水嘩一下流出來。

就這樣，我每到了寫出新的一疊，就禁不住要送給河西的小雪。沒有人像她一樣更懂我，我需要她看到這些密密如蟻的字跡。這種需要是難以言傳和解釋的。我的筆在紙上飛奔，像一個癡情的人在跑。跑、急走、跳躍，翻山越嶺，萬難不辭。我忍住勞累、焦渴、相見的欲望，只是繼續這紙上的奔跑。

我寫得太多了，積成了一大疊。於是我又覺得刻不容緩了。

我還想起那個輪椅上的哥哥。我不能把自己分爲兩半，又不能總是推他跋涉。這焦躁爲難的心情使我的想念更多、更烈。

在小橋塌毀之前，我每三次去小雪那兒，總有一次推上永立。這路因此而變得更加漫長。有許多次，永立說他自己厭倦了這奔波，說要一個人待在家裡。而我卻能聽出他在說謊。

可他後來固執地說要自己安靜幾天。

我從街巷拐上西北方，在海港圍牆西側的松林裡一閃，隱沒了身影。多麼愉快的一段路程啊，一路上要與多少貓耳草、節節草和千層菊相逢，那一片片的樺樹、柳樹，意氣風發的白楊，都張大了手臂歡迎我。我一路飛走，一路問候，不斷地揚起裝了紙張的書包。

不記得是第十次還是第十一次了，我正興沖沖地穿越一片楊樹時，突然聽到了吱扭扭的聲音。我馬上釘住了一樣，一動不動。我敢說這是輪椅的聲音。

楊樹林中有一條小路，它通向寬一點的馬車路。我立刻找到了那條小路。在一棵大楊樹下，我看到了永立。

我奔過去。

我們一起過河嗎？他固執地搖頭。他說他喜歡到樹林裡玩，喜歡一個人。

那一天我不知是怎麼離開他的。直到再也看不見他的影子，直到走開了老遠，我還在想：他起得多麼早啊，他是在這條小路上等我嗎？

這樣想著，聽見了流動的河水。巨大的幸福馬上使我雙眼迷濛……

我害怕別人看懂，又渴望有人能全部地、無一遺漏地讀進心裡。

後來這個人出現了，立刻讓我激動萬分。

她怎樣被我感動，我親眼看到了。誰爲我這樣過呢。

爲了這感動，我願走遍千山萬水來到她的身邊。

一

我這一生還沒有遇到與小雪類似的人，一個性格相投的異性朋友。而她在許多方面都與我相似：她像我一樣，盡可能地不說話；要說也放低了聲音。我們好像都害怕驚擾這個世界上的什麼。

通過她，我進一步否認了媽媽對我性格形成的推斷：我的少言寡語是因爲繼父的粗暴。小雪呢？她有和藹的雙親，他們對她那麼疼愛。小雪如果希望得到一種東西，他們就會千方百計去搞來；比如在當年極爲珍貴的紙，就是她母親在上班時偷偷帶回的。

小雪有看不出的勇氣。她一個人能在深夜穿過十里海灘，一路聽著各種野獸的叫聲，安然地回家。這是她父親告訴的。他說那一次小雪與幾個同伴去海邊，不巧走散了，她爲尋別人而拖延到黑夜，結果最後不得不一個人走回家。全家急壞了，媽媽都哭了。那一年她才剛剛十一歲。

她與我在一起時大半沒有聲音。我們這時在讀書、寫字。如果需要問什麼，比如問要不要橡皮、紙和筆，要不要一本新書，都只是用眼神表達。她的眼睛黑圓，有點像漆黑的扣子，放出的光澤很溫煦，像一隻手掌，令人感激地撫摸過來。眼睛在後來的許多年中都是我們之間表情達意的最好器官。眼睛讓我聽從、同意和想念。奇怪的是，回到自己家裡、甚至是許多年後我們分開了，我還從這雙眼睛（記憶中的）中尋找幫助，獲得啓示。

這是眞的。我應該承認這一點。在那些生活的轉折關頭，我情不自禁地就要尋問這雙眼睛。它也恰當地指示了我。我對它的每一瞥都能心領神會。

總之，她的眼睛對我很重要。

誰能想到在無法上學的大雪天或大雨天，我們倆會多麼高興呢？

與我不同的是，小雪從不逃學。在我逃學最嚴重的日子裡，常常是我一個人在小雪的屋子裡，等她放學歸來。而最糟糕的天氣她也不必上學了。因爲小雪的學校在林場總部，從她們家到那兒要走不算短的一段路，還要過兩道水汊。小雪的父親與學校有過約定，這樣的天氣既不上學，也不必請假。

大雪天我們燃上一個炭盆，在一個小方桌上讀書寫字。她的爸爸媽媽在這樣天氣難以出門，卻很少來打擾我們。只是約莫一個鐘頭左右，她媽媽笑眯眯地走進來，在桌上放兩枚水果或是竹葉粽子。她在屋裡從不停留，放下就輕輕掩門走了。

提到那次繼父病在林中的事，小雪顯得很平淡。因爲這在她家裡是很平常的。她的父親不知多少次把陷在雪窟窿裡的獵人背回家，給他們醫治凍傷。有一年發大水，水汊下游有一個獵人嗆昏了，她父親把那人弄回來，讓他待了十多天才走。不僅是人，就是受傷的動物，他們也搭救過許多。我覺得搭救動物比搭救人更能讓我感動。那是攙和了好奇心的感動。

他們沒有打獵的惡習，這不能不讓我敬佩。小雪告訴，原來她父親也喜歡打獵，只是有一次打了一隻銀狐，是一隻雌狐，結果另一隻雄狐一連多天在他們家籬笆下泣哭。那哭聲讓人聽了流淚。還有一次他逮了一隻大葦鶯，養在籠子裡，深夜和黎明就有許多大葦鶯圍在一旁，又喊又叫，甚至不怕人。籠子裡的大葦鶯用嘴巴一隻一隻親吻牠們，牠們則把食物投進籠裡。這隻被逮的鳥兒是一位母親。他們放了牠。從這以後他們再也沒有傷害過一隻動物。每遇上獵人，他們都會規勸一番，但沒有效果。

他們搭救過一隻黃鼬、一隻鹿，甚至還有一隻狼。每次都是一個動人的故事，幸虧這些故事全被小雪記下來。她把故事讀給父親母親，他們吸著菸聽；有時父親停下來說：不是的不是的，那黃鼬病好了，臨離去不是磕頭，是作揖哩。牠感謝哩——第二年牠又來了，帶著三個孩子。

我不知道繼父聽到小雪一家的規勸時發出怎樣的訕笑，也許他會還一句粗話呢。我如果與他沒有任何關係該多麼好。可惜他總像影子一樣隨著我。

小雪的父親對我說，聽說你爸是個英雄。我總一聲不吭。他也就不再問下去。我並未告訴那個人算不得我的父親。眞正的父親我也講不清。我是在夢中看過他痛苦和歡樂交替出現的神情。這已成爲我的隱祕。我不知道該不該去問母親。

爲了那個夢，我寫了多少張紙！

我思念你，我還思念外祖母。他們都是世上最好的人。

二

我發現了與小雪的區別：我在不停地寫夢和幻想，而她寫的都是眼前的一切——故事、動物、植物和人。我即便在寫眼前的事，也一點一點寫進了幻想。這就是我們的不同。我們之間有那麼多相似，現在則找到了差異。這讓我既驚訝又興奮。

她有善良的父親，她從來不需要怕他，更不需要恨他。她還有一個敬愛的老師——小雪得到了他的愛護和幫助，也就得到了全班同學的擁戴。小雪從小生活在林子裡，她熟悉這裡的一切，聽到和看到的比我有趣得多，她也就用不著作那麼多的夢了。

這對她眞的也就足夠了。她不需要去尋找，也不需要去躲避。是的，她只要如實地寫出來就好極了，不必編造，不必胡思亂想。比起她，我渴望的幸福十有八九不在手邊，我又能怎麼辦。小雪天生有幸，她只需要把滿地的愉快收拾起來，像串蘑菇一樣串成一串。

繼父只要瞥一眼我如醉如癡的塗抹，就要怒火中燒。我也許在不知不覺間即把所有的話都寫得萬分費解。儘管這是一種多慮。因爲他根本不看，而是抓起來就一團，扔掉。可是這一來我就養成了一種不明不白的文風。

我害怕別人看懂，又渴望有人能全部地、無一遺漏地讀進心裡。後來這個人（小雪）出現了，立刻讓我激動萬分。她有超人一等的天分，心細到令人吃驚。她不僅讚揚我，甚至覺得自愧不如。她怎樣被我感動，我親眼看到了。誰爲我這樣過呢。爲了這感動，我願走遍千山萬水來到她的身邊。

無論是雨水、雪天，都不能阻止我奔向叢林，跨過河流。那時我書包裡就裝著剛寫成不久的紙頁，心裡只有一個念頭：找她。

我把自己最珍愛的書帶給她。她的珍藏對我也無一隱匿。我發現她的書沒有我多，但卻經常輪換。這眞使我大喜過望。

世上的一切都有個源頭，有個緣由。這是我後來才懂得的道理。如果我一開始就細細究察這緣由，那將更爲有益。

我把小雪給我的每一點讚揚收集起來。這不是因爲虛榮心，而是因爲我太需要這種讚揚了。它在別處無從尋覓，百求不得。人一開始那麼需要讚揚，需要得到肯定。我的媽媽甚至也沒有這樣對待我。媽媽好像來不及這樣做了（我總覺得媽媽在找到繼父以前就被什麼嚇過，她是嚇壞了。可憐的媽媽）。

我眞羨慕小雪。她把一切美好的故事、經歷、自己身邊的人，都一點一點寫盡了。沒有誰能在這方面超過她。水汊裡的魚、魚的各種時刻、牠們在洪水氾濫時節和枯潭裡的模樣，都一絲不差地被刻畫出來。誰像她一樣，能寫出有一種魚所生出的可笑可愛的、粉紅色的鬍子？還有火狐、刺蝟、金色的鷹，木鷲和戴勝鳥……她筆下出現過幾百種花、幾十種樹，還有數也數不清的林中怪事。誰也想不出她有多麼喜歡這林子、這林子裡的一切。而我卻不像她一樣喜愛那座城市，至少不是特別喜歡。那城市等於是我的林子啊。我傾慕的只有海上航來的巨輪，巨輪昂起的胸部、高高的桅杆。這喜歡的心情往往只一陣兒，馬上卻有更多的懼怕來臨。懼怕多得無緣無故，我像媽媽一樣可憐。

我從哪兒攜來了這麼多的懼怕？永遠也不會知道。我只明白它們無法去除，而且要這樣一生。這是眞的。

我比別人更懂得來自他人的溫暖，只要有一點兒，就會一生謹記。我從小就不是個忘恩負義的人。所以我在小雪家得到的幸福，我會千方百計地報答。我將有自己的報答方式。

她的父親和母親在大雪天燒好了滾燙的山藥，雙手捧著撩著遞給我——僅這一個場景，就讓我記了三十多年。

三

一連下了三天大雪，一切道路都堵塞了。雪停後，小雪的父親就試圖開出一條通路，但沒有成功。靜靜地等待化雪，太費時日。一群群麻雀因爲無處覓食而冒險落在院裡，小雪一家人就不停地布施。惟有那個花狗一次次並無惡意地轟趕牠們。後來連鴿子、鵪鶉也飛來了，再後來光顧的還有四蹄動物。

小雪不能上學，漸漸不安起來。她只能與我一起做功課。而我對課本再無興趣。我已經悄悄打定主意，要在某一天離開那個學校。學校曾給多少人的童年留下了多情的回顧，惟獨對我不是這樣。我害怕這回憶。

（因爲各種各樣的原因，至少在長達兩年的時間裡我在經受一種「集體歧視」。胖老師是個善於掩藏心計的人。她讓我不願過多地提起。）

小雪不寫不看時就拄著下巴出神。她一遍又一遍地翻看老師的批語、畫下的紅線。

我看出她非常想念自己的學校。當時那個老師是男是女我不知道，但我想那個人一定會是非常好的。他（她）對她有多麼重要。好的老師的確可以影響人的半生甚至一生。我默默分享了小雪的心情。她在這時既不安又愉快，這是我想得出的。她這時不像往日那樣，只把心收攏在這間小屋裡。

我也長久地看著那個人寫下的紅色字跡。我有時並不注意內容，而是從挺拔有力的筆畫上揣測他（她）的性別和性格。我覺得這是一位男人，而且也有些瘦削。

在見到他（她）之前，我沒有問關於他（她）的一句話。

終於有一天，小雪說：我想把你寫的帶給老師。他會喜歡！沒有人比他更懂。不過這要讓你同意。也許你會同意。我不知道。

我的心撲撲跳，就像一個怕光的人即將移到燦爛的太陽下。還有，我寫了些什麼；我只是在寫一些自語，我是這樣地依賴它，這泣哭般的歡歌。它們真的是自己的。它們如果被一個路人聽到了，也一準會被當成癡人夢話。

誰知道我願意還是不願意呢。被小雪的目光撫摸過不知多少次的一疊紙貼在胸前，嗅著它特異的芬芳，不知該怎樣才好。

「我明天就把它帶給老師。」

小雪決定了。她開始用一枝鉛筆在紙上寫起來。雪光從窗上泛進來，她的短髮閃著漆亮。那雙眼睛離開紙，看看窗外滿樹的雪朵，又轉向我。

就在這短短幾秒鐘裡，我的心一橫。我不怕那個陌生人看它了。我該信任他（她），因為小雪信任他（她）。

從這一刻起，我就沒有像以往那樣坦然過。那個人會怎樣？他（她）能怎樣？我腦際不斷湧過一些奇怪的設問，兩頰發燙。我從未想過讓這樣一個人來看我獨自畫下的痕跡。這些祕密就攤在紙上，它即將由她拿走了。

第二天，由父親親自護送，小雪到學校去了。她把我寫的那一疊紙裝在書包裡層。看著她上路前呼出的白氣，她汗涔涔的額、通紅發亮的雙頰，知道她正在不同尋常地興奮。

等待吧。這等待讓我忘記和忽略了其他。我竟然在一天多的時間裡沒有想媽媽，也忘了永立。

那必將來臨的可怕鑑定非把我逼傻了不可。我在這一天沒有寫和讀。四周的一切都是滾燙的、不可觸動的。鉛筆像烙鐵，書上的字像跳躍的火龍。我眞沒用。

黃昏時分他去接小雪了。他的兩腳踩出吱嘎吱嘎的聲音，追逐這聲音的，是他那條不大的、勁頭十足的花狗。晚霞映出的林中雪色眞好。他走了。

我並不奢望那個老師會很快讀完，因爲他不懂忙，而且還會莫名其妙地耽擱下來。不知爲什麼，我已經早早養成了悲觀的心情、反著想事情的習慣。凡是我希望做到的事情，無論大小，總是想它的不順利。

滾燙的大雪糊滿了這個世界。一切動物都在沉默中忍耐，等你褪去這一片潔白。小雪戴著她母親編織的毛線小帽，在雪路上來來去去，無聲無息地幸福。我一個人在屋裡等待、閱讀，偶爾酣暢淋漓地寫上了一通。但我的安靜快樂總不能超過一天。

小雪母親怕我孤單，破例到屋裡待一會兒。她個子不高，年紀不如媽媽大，可是頭上有了很多白髮。這白髮並沒有讓她衰老和不快，而是相反。她顯得更像一個母親了。她好不容易才忍住了什麼，說：都怨這大雪，你爸你媽會掛記了，孩子，孩子。這大雪，封河封路。

我想不出媽媽在這樣的大雪天會做些什麼。我知道我們家屋檐上的雪已開始融化，滴在下面的鹹菜缸上，水又濺到旁邊一棵小銀杏樹上，使它的許多側枝都懸了一串晶瑩。所有掃雪的活兒都是媽媽一個人做，那個滿臉鬍鬚的男人只會站在屋檐下哈出大串的酒氣。我眞想媽媽。

由於林子裡少有陽光，所以這兒的雪要待上許久才會融化。小雪的父親從外面回來時常常說一句：餓死了一隻鴿子、幾隻麻雀。再不就說：牠們都在找東西了。小雪母親說這樣的天氣只有那些狠心的動物才有好日子過，因爲這樣一來牠們捕捉其他動物就省力了。

我被小雪媽媽的話給打動了。想一想狼們在雪地上追逐餓得歪歪斜斜的其他動物，何等淒慘。

明天就是星期天了。我站在沒膝深的大雪中，遙望著西天的光色。雲霞被無形的手分梳成細細的彩色麻絡，向上飄去。可以想見從下往上有一股徐徐不斷的風（我記得星期天之前往往有這樣不同凡響的彩帶。這大概是對歡樂的慶祝）。

花狗從松樹叢下躥出，黑鼻頭上沾了雪。牠虎氣生生地盯我一瞬，又回頭嗚吠一聲。有一陣腳步，很雜亂。小雪的父親先出現，接著又是小雪、是她身邊的一個細高男人。

我的臉一下紅了。

小雪和她爸說了什麼我都沒有聽清。耳朵在難堪中嗚響，口中不知所云。但我像被什麼推了一下，自己的手就被那個人的手給握住了。

他的手眞熱。他竟然穿得這麼單薄，而且熱汗涔涔！老師。

他微笑著看我，安靜到了極點。這張端莊的臉有些紅，也有些疲憊。那雙眼睛不斷地吸引我，讓我害羞。我自己明白，他是個非常好的人。就是這個判斷才讓我拙訥、羞澀。因爲面對一切壞人、厭惡的人，我從來都沒有類似的感覺。對於那一類人我的目光像錐子。

他的手有些粗，擦在我的手上很解癢。細長的手指很好看。他背了個黃色的挎包，就像一個高年級的學生。

「我們需要好好談一談了，非常需要。我就是爲這事來的……」

「談一談……那麼……我們，」我說了什麼自己都不知道。但我心裡清楚地認定：他說的「談一談」，是指談我寫的那些東西。天哪，這是多麼重大的事情。這是來自一個不敢奢望的地方，從他那兒發出的聲音。如果這時讓我伏在他懷裡，如果不是過於難爲情的話，我也一定會的。

我這麼快就喜歡上了他。整個屋外這段時光，小雪和父親都在一旁。小雪的眸子裡全是霞光。她齊眉的劉海使她看上去顯得更爲成熟，簡直無所不曉。她的目光裡充滿了讚賞和滿足。

我們將一起度過這個星期天。他是爲我而來啊。

我們匆匆走進屋子。由於不慎，我碰下的雪朵落了滿身滿臉，但我渾然不覺。

他坐在桌前，小雪端來茶水。他喝都沒喝一口，只長時間看著我。那個鼓鼓的黃挎包被小雪摘下，裡面掏出了一疊稿子、一本舊書。

我盡可能地沉靜，眼睫垂下來。

小雪看著老師，微微張開嘴巴，露出細密的、白玉米粒似的牙齒。

「你這樣寫了多久？」

我不記得。眞的不記得。我努力想也想不起來。好像我連一個字也不識的那天起，就在用一枝筆亂畫——這樣直到畫出一些痕跡，一些叫「字」的痕跡。我愛「字」，更愛它們連接在一起，成爲一條小溪或跳動的火龍。我平靜回想的時刻，畫下的這一串串字是溪水；我心中激蕩難忍，它們就燃起長長的火龍。我也不知道這其中的奧祕，我只是這樣不可改變地迷戀。有人爲此折斷我的筆，最後恨不得連我也折斷。可是我仍舊不能戒除這一「惡習」，仍舊癡迷。

「我想，也許這些文字太費解，它由你這樣的孩子——眞的，你還是個孩子——寫出來，讓我吃驚。我現在可能明白一點了，這大概是一種天生的能力。能告訴是誰影響了你嗎？」

我不知道。因爲在我的身邊，甚至連親愛的媽媽也阻止過我（她一開始發現我有了在紙上胡塗亂抹的毛病，曾大呼小叫地喊：孩子，別這樣，千萬別這樣……她像如臨大敵，我給嚇壞了）。

「我對我的判斷沒有把握，但仍舊相信這判斷。我想你是個有特殊才能的孩子，它也許不可以學習。相信我的話，繼續寫下去吧，你會成爲一個了不起的作家——請記住：還要如飢似渴地讀書。」

四

回頭描述那個雪天顯得無大必要，而且沒有人能夠理解。在繁忙紊亂的日子裡，整個都顯得有點「時過境遷」了。有人會覺得我當年的那些狂熱和激動有些可笑了。冷靜想一想，不是我可笑，而是別人。

那個悄無聲息的大雪天，可眞是第一流的季節，最像樣的一個冬天啊。我會感激它一輩子。我在厚厚的雪朵簇擁下聽取一個偉大而善良的預言，備加感謝。我心裡鼓脹著報答的心願。怎麼報答？就是努力地、永不變更地循著他的手指往前。怎麼做還不太清楚，但我堅信會做好。

我當時連什麼是「作家」都不懂，是第一遭聽到這個怪而又怪的詞兒。我只知道這等於說「詩人」兩個字。我恍然大悟般地全身一悸。我想起了夢中出現的那個瘦削的男人，像被電流擊中了一樣。通體在熾烈中燃燒，變得筋脈透明。這說不上是愉快還是慌悚。

彷彿有人在那個大雪天從遙遠之地伸出了手指，在我身上做了個標記。從此我就終生帶有這個標記了。它沉甸甸的，可怕又可愛。不過我更多地還是愛這標記，它使我再生般地感謝。

我早已經學會了隱藏。那一天我只安靜地看著自己的兩手，抿著嘴。小雪一聲不響。我好像聽到了她的心也在怦怦跳，差點大聲問：老師，小雪呢？她呢？她不是您所預言的那種人嗎？

我沒有這樣問。我只在心裡喊過了，疲憊地緘默著。我早就認定，我將與她走在同一條路上，無論這路多窄、多長。

輝煌的星期天過去了。白雪糊裹的叢林中的一天，成了永生的一天。

這一天過去很久，我才敢小心翼翼地問起他。小雪毫不猶豫地回答，一點神祕都沒有。原來老師來自遙遠的一個城市。在那兒，他非常敬仰一個寫東西的老人。老人死了，他就難過，十分難過。於是他不得不離開那個城市，來到這個偏遠之地。他有妻子，但妻子離開了他。他現在是一個人，也常常難過。他好好教自己的學生，這樣會好受一些。

小雪說了幾次「難過」，不太好懂。那位老人更準確的身分她講不明白，因爲老師沒有說。

但我心裡爲這個老師難過起來。只是短短的幾天，我就爲他難過起來。原來是這樣。我想像那個老師一個人在深夜時的心情，甚至想像起他特別敬仰的那位都市的老人。我驚得大睜雙眼看著夜色：老人是一個「作家」！

這是怎樣的一位老人，因爲他的死去，另一個人就會終生難過。

我想起了一些失去了親人的人，他們只是在想起親人時才有些難過。看來那位死去的老人有遠遠勝過親人的地方，並有說不出的意義。這意義我當時並不明瞭，但把它存在了心裡，準備在將來搞懂。

我對老師感到好奇，也感到了敬仰。我在默默不語中鞏固了這敬仰。小雪像過去一樣，猜中了我的內心。她忍不住一再地說著老師。

我再明白不過：小雪的靈魂裡有了老師。

我還漸漸知道，小雪喜歡不停地寫，完全是受老師影響的緣故；還有，她的大部分書，也都是老師送的。

在深夜閃跳的油燈下，我們小心謹愼地討論「作家」這個概念，它的涵義。怎樣才算「作家」呢？爲什麼要有人當「作家」呢？模模糊糊中回答不出。我們只是認定它是非同一般的事物。它重要嗎？不能缺少嗎？不知道。我們只是知道，一旦眞的失去了「作家」，有人會難過，很難過很難過。

爲了世上的人不難過，大概就應該有「作家」。可是「作家」總要失去的，那麼也就總要有新的生出——深夜裡小雪大而明亮的眼睛閃動著，句句準確地推導。我當然同意。

她在這個夜晚最後說：老師並沒有說她也可以是一位「作家」，而只說了你。那麼你就當吧。到了那一天，你就成了一個不讓別人難過的人了。我要看著你當。你一定得當，先放下別的事情——因爲比較起來別的事情就不太焦急了。

她說得很慢，語氣中充滿了期待。

五

見到老師之後，我似乎不能選擇什麼了。事實上我從來也沒有選擇過，我只能這樣一直做我正做的一切。

我因此而帶給媽媽的痛苦，讓我愧疚難耐。媽媽頭上愈來愈多的白髮，有的就是因我而生。這是我的罪過。我想，天下也許沒有無罪的兒子；因爲天下的媽媽都如此這般地珍愛自己的孩子。孩子的報答比起母親的牽掛算得了什麼。

我說過，我的逃學開始嚴重起來了。那兒讓我心涼。我從上學一事上看不到一點希望。每當我邁步走向學校，就覺得腿上墜了鉛。我逃學逃得不再猶豫，也不再畏懼。如果學校因此開除我，那就快點吧。

我嚮往的只是河西那間茅屋，是跨過那條河。但是吱扭亂響的河橋沒有多久就塌掉了。這樣，在洶湧暴漲的秋夏雨季簡直就沒法過河。我不明白爲什麼城裡或鄉下人就不急著修復這座橋？我不知多少次站在滔滔河邊，心急如焚。我的水性一般，不見得對付得了湍急的水流；但是如果不是害怕書包裡的稿子淹濕，我會奮不顧身地跳下去的。

我在河岸上癡走、徘徊。後來一直走到河的入海口，發現河水分出無數水汊，變得淺了、窄了。我大喜過望地一點點挪蹭過河，然後再從對岸溯流而上。我去小雪家的路比往日長了一倍。

冬天就要方便多了。冬天常常是平展展一片河冰。那閃亮的河冰在陽光下看去眞美。它意味著一次長久歡樂的聚會。我有過河的經驗；取一個大石塊抛到冰上，從震動之聲上判斷冰層的厚度。所以即便在初冬或早春，我也沒有誤踏薄冰。但是由於性急，我常常在冰上滑倒跌傷，有一次甚至釀成了嚴重後果。

繼父並不關心我的學業，他對逃學一事肯定有所察覺，但卻未吭一聲。當我第一次因雨雪阻隔未能及時返回，以至於在河西待了三天時，他見了我突然發出一聲：嗯？

我像一隻倖存的松鼠一樣逃到了自己屋裡。想不到他這次不像以往那樣，而是緊追進來，兩隻眉頭鎖到一起。他突然就暴怒起來，達到了火氣的頂點。我馬上咬緊了牙關，迎接可怕的遭遇。我知道媽媽不在，懲罰不可迴避。

他哇哇大叫，跺腳，少見地憤怒。他罵我想怎麼就怎麼，簡直是一隻翻臉的野狗。他還說我完了，一點盼頭都沒有了。我彷彿是一個犯了大罪的人。我一聲不吭，他的火氣就更加增大。他自己都難以遏制自己了，兩隻大手按住了我，奮力搖動、聳打，把我推在牆角、床上，拉起又摔下，又抓定。我一聲不吭（我只想著那條嘩嘩歌唱的河。我看見河流上漂來一根粗粗的松木，奮力一縱跳上去。我像在順河而下）。

他揪我的耳朵。從疼痛的感覺上判斷，這耳朵被撕裂了。他後來鬆開耳朵去揪頭髮，狠狠地踏、踩。他終於明白自己碰到了一塊頑石。他大口喘息，胸部急劇起伏，卡著腰，汗水在臉上縱橫流動。

我盡可能平靜地看他。他剛才所有的暴力是不是加在我身上，讓他懷疑。我也有點懷疑。一些如河水般翻騰的話語——它們都是與這場暴打沒有什麼關係的話語，差一點衝口而出。像過去一樣，看上去我在沉默。

媽媽突然出現了。她看看我，遠遠想像不出這是一場多麼可怕的凌辱和暴行。繼父馬上暴發出新的怒氣和不平，伸手一指大叫：這是個死強坯子，是個災星。

接下去的大叫我沒有細聽。因爲我注意到了媽媽慈悲的眼睛、眼睛上方花白的頭髮。媽媽的白髮又增多了。我的淚水嘩嘩淌下。我此刻想讓那個惡魔離開。我覺得這一刻，世上沒有任何人能安慰我的媽媽。媽媽，我多麼可憐你。你在衰老。

他搓著手，捶一下桌子，走了。我卻像黏住了，一步也移動不了。

媽媽說：你一個人來來去去，家裡牽掛啊。河裡常常出事兒，塌了橋。

這話聽了無數次。我坐下，坐在媽媽身旁。她在看我，看得一絲不苟。她在長達一個多鐘頭的時間裡再未說話。窗上透出暗紅的霞光，她仍舊坐著。我雙手撫著那個陳舊的櫃子，記起剛才那場暴打，這櫃子全都看到了。我的鼻子發酸（如果外祖母在，她會奮不顧身地把我搶出來，她會用衣服大襟包裹起我）。

就爲回答那場暴力，我在第二天就離開了家，重去河西。我又寫出了新的一疊紙，我渴望讓她看，也渴望那個老師看。我如飢餓一般等待那一聲讚揚。

奔上叢林間的小路才發現，我這一次被打得有多重，一動就痛。可是得忍耐。這算得了什麼。這個顯赫一時的軍人碰巧成了我的繼父，所以就有了一場遭遇。他又碰巧與那個無辜的永立住在同一個城市，所以也就有了那條馬路上的遭遇。永立要比我不幸十萬倍。

風中的松枝、楓楊樹梢在劇烈搖擺，像是突然間的激動。我想像人間該有一種埋葬和淹沒什麼的能力，這種力要無聲無響地積聚、形成。也許這種力看上去簡直不算什麼，像初生的嫩芽。可是它們在生長，有一天會不可戰勝。

我用力揮動雙臂，故意藐視傷疼。北風多大啊，北風把一場更加酷烈的寒冷牽引到了這個半島上。媽媽，我又一次離開了你。

六

嚴寒來臨了。每一次鋪天蓋地的冬雪都幫我記憶了那個幸福的時刻。無邊的潔白、厚厚的雪朵包裹的小屋裡，柳木炭火旁邊，那個人的預言。當時我不知這預言對於一個人到底意味了什麼。我只覺得它像一道加在身上的神諭。我的崇敬和愛戴由那一天、甚或更早時生出來，愈長愈大。所以無論在什麼年代，無論我年輕還是衰老，我都特別不能容忍那些誹謗作家的人。我像維護自己的眼睛一樣，維護著這個稱號所代表和蘊含的一切。我把玷污了這個稱號的人視爲可憐的人、不光彩的人和不能爲伍的人。

可是我當時對那個稱號的具體內容還一無所知。是小雪和她的老師給了我雙倍的鼓舞。這力量到底有多大，我怎麼也搞不明白。這力量讓我無法抵禦。

在大雪天穿著單薄的衣服奔向河邊，那種興奮和歡暢不會有人體驗，想像也是枉然。隨著木橋的坍塌，我沒法與永立一起過河了。在大雨和大雪天，他就更沒有可能與我一同出城了。永立的目光愈來愈沉、愈深，讓我不敢迎視。我心中那無所不在的憐憫爲他泛起，像波濤一樣推來湧去，使我難忍。我總設法用各種辦法去安慰他，比如抱一摞他喜歡的書之類。每逢我去河西，就提前爲他備好這類東西，像口糧一樣。可是無論怎樣，在這雪地裡，我總是擔心他的飢餓。

我隱隱約約知道有什麼東西在故意考驗我。考驗和測試人的方法有許多，比如窮困、艱辛磨難、傷創……讓我在永立和小雪之間奔波，經受這樣的折磨，也是一種考驗的方法。

小雪曾提出到我們家玩，我總是應付過去。因爲我明白她不會受到歡迎。與那個胖老師不同，她不能經受任何傷害。我不允許任何人傷害她。

於是我只好在雪地裡飛奔，凍得兩頰通紅。我的全身都滾燙燙的，似乎一點不畏寒冷。每次踩著冰面過河，連跑帶爬穿過雪崗，掛著一身雪粉奔到那間茅屋時，都首先受到花狗的歡迎。牠忘情地舔我的臉、手和頭髮。接著是小雪母親爲我撲打雪粉，端來一碗紅豆羹。這羹放了許多蜜糖，甜個透心。小雪微笑著。她的眼睛很快轉到我手中一直攥緊的書包上。

她把它們帶給老師。我的不安和衝動簡直讓我害了一場大病。每次傳來的信息都讓我發癡，讓我無法相信自己的耳朵。有一次她甚至把老師所尊崇的那位老人寫下的東西取回來，就像迎接一件聖物。小雪全家、我，都大氣不出地看著她緩解一個油布包。解開了，露出發黑的報紙。又解，才顯出一份黑糊糊的雜誌。雜誌翻了幾頁，出現了老人寫的文字……那一夜我一絲沒睡，把那份雜誌抱回床邊，一遍又一遍讀。

很奇怪，許多地方讀不懂。但產生了奇特的感覺：我寫的句子有點像他。哪裡像？不知道。是那種說不出的倔強和「四下張望的神情」？小雪的老師說看我寫的東西時，總要想起一個秋風裡站立的少年，他在茫然四顧……我把臉貼在了雜誌上。

我想像那個老人的一切、他的模樣。我問小雪，老師說那位老人是什麼樣子？她說老師故意不多談那個老人。她說好像老人手很大，手背上有很多筋。

大約是在看過雜誌以後不久，小雪忽發奇想，事後才把這想法告訴我：她請老師把我寫的東西也寄給雜誌，如果印出來，那該多好、多好。老師點頭又搖頭。他說這是不可能的。爲什麼不可能，小雪沒有再問。而多少年過去了，我還在爲那句「那是不可能的」而自卑。

只有更多年過去後，我長大了、成熟了，才知道這句話到底是什麼意思。我和小雪的緘默，是我們不可更改的性格。這性格使我們免去了很多麻煩，可也招致了不少誤解。我們不太喜歡詢問。

比如我既讀不懂那位老人寫下的文字，可又被其打動得淚水漣漣。愈是深夜，這種感覺愈是強烈。陳舊發脆的紙張，黑黑的顏色——要知道缺少紙張的兆頭從許久以前就出現了——它散發著霉味兒。可是到了半夜，它又生出一股無法形容的芬芳，就像玫瑰（準確點說是黃玫瑰）發出的氣息。我在這氣息中感動著，想像了那麼多。我的思緒被它牽向遙遠，我無眠而夢，夢見自己神色自若地走向遼闊的高地。在那裡，我變得滔滔不絕地言說，暢快得難以置信。我的旁邊有人在注視我，目光裡充滿激勵。他就是那位陌生的老人。

七

挨近初春時節，河水處於極不穩定的時期。林中大雪仍舊濃厚，布滿了野物蹄痕，獵人怯於出動。這兒變得比過去更爲凶吉難測。比如不意間發現的一個漆黑的雪洞，讓人費解；再比如冰天雪地裡有一枝硬硬的紅果，會讓人欣喜得癡狂。河冰常要莫名其妙地開裂——直裂很長的口子，然後又結出薄薄的、奶皮似的嫩冰。小雪父親說這長長的裂口初生時，一般都在夜間，都發出沉悶嚇人的聲音，就像一棵大樹折斷了。他說那些冬天鑿冰捉魚的人也會引起冰裂。

長長的冰裂開始與我作對。如果繞過它到下游，那又太遠。我每一次過河都那麼性急，恨不得一步跨過。而且我當年剛剛十幾歲，自信而又無知，哪裡管得了那麼多。我總是在冰裂處想各種辦法。我甚至想找狹窄處搭木杆爬過。林子裡大雪覆蓋，倒木和乾草、苔衣，都一塊兒被蒙住了。

在陽光明媚的少見的好天氣裡，我常常在冰裂旁籌備一個鐘頭。這時四周空無一人，連鳥兒也不吱一聲。河冰依然碧綠、堅厚，開裂的斷面像巨大的傷口。冰面上仍然有薄薄的、保存極好的一層雪粉，它們與裂開的冰渣一塊兒在陽光下閃光。我費了好長時間尋找窄一點的冰裂，急得兩手出汗。

在離河橋舊址不遠的中下游，有一條兩米多寬的冰裂。這只是目測，實際情形可能完全不是這樣。遠處的河岸、四周的茫野作了參照，我低估了這道冰裂。這讓我犯下致命錯誤。我幾乎再未躊躇，縱身就向對面跳去。當身體在冰裂上方掠過的一瞬間，我突然感到了危險。假如著地時稍稍一滑，我整個人就可能落入水中。就是這種恐懼的念頭讓我身體斜

横，撲到了對面的冰上。巨大的衝力使我摔在冰裂的邊緣，雖未落水，胯部卻被狠狠擊中

了。無法忍受的疼痛讓我喊出來，一群鳥雀不知從何處驚飛起來。我頭上滿是汗珠，兩手抖

顫著攥緊兩團雪粉。

大約一個多小時裡，我一直忍受著巨疼，無法挪動。我的右胯稍一活動就引發刺疼。兩

頰流下的汗水結成冰，連睫毛也掛了冰。再待下去非凍死不可，我除非趕快站起來。這眞是

一場難忘的掙扎。大約花費了多半天時間，我總算站立了。但也只堅持了一二分鐘，又摔倒

了。從跌倒處離河岸只有十幾米遠，但上岸的陡坡花去了我整整兩個多小時。

重新返回已不可能了，我無法再突破那條冰裂的封鎖。而且從距離上看，我離那幢茅屋

也更近一些。剩下的一截路林子更密，我在疼痛中已經無力搜索那條雪中的小路了。這時如

果有個獵人出現多好，可惜雪地上連個腳印都沒有。只有小動物們的蹄痕、雪粉中噴開的氣

孔近在咫尺。牠們大概在暗中注視著我。

太陽愈來愈低，漸漸挨近林梢。太陽一落準會把我凍僵；而且我還會迷路，那時雪野中

飢餓的食肉動物就不會對我再仁慈了。我偶爾在心裡產生一絲絕望和沮喪，但隨即又被頑強

地駁斥。我要爬出這片林子，爬到那噴香可人的炭火旁。

人的災難就是這樣猝不及防。後來我才知道，這次摔傷遠不是一般的磕磕碰碰，而是眞

的摔壞了胯骨（如果我當時知道損傷的性質，並且預告這一生還要走多少路，跨越多少山脈河流，這條傷腿要給我增添多少苦楚，我準會放聲大哭一場）。

當時沒有哭。因爲淚水只會讓我愧疚。我願拚盡全力從絕境中掙脫。

在太陽完全落下去的一刻，我看到了茅屋的燈火。我激動得把臉伏在冰雪上。抬起頭，第一個念頭就是高聲呼喚，呼那隻花狗和牠的主人。可是我很快又否決了這個想法。我覺得那無異於求饒。而我不想服輸，永遠不想。我堅持使用最後一點力氣和勇氣，爬完了剩下的三百米雪路。

八

小雪父親毫不費力地做了診斷。我右胯那兒的皮膚只有一點擦傷，可是他的大手稍一動股骨就讓我疼得鑽心。我自語說：肯定是了。

他們讓我一動不動，然後用石臼搗碎了草藥，又搬弄罈罈罐罐熬藥汁。在小雪母親悉心調弄藥膏的時候，小雪和父親在削製兩片光滑的木板。一會兒藥膏和木板都加到了腿上。忍受了初疼之後，是烈火燒灼般的感覺。這樣有半個多鐘頭，燒灼感開始減弱。小雪父親一會兒問我一遍，當我告訴變涼了時，他才舒出一口氣。

除了敷藥和上夾板，我還要喝兩種藥水：一種甘甜，一種苦得像膽汁。小雪負責把藥水擺到我面前，並讓我按時喝下。

他們說只要不發燒，也就沒有大的危險。我躺在那張小床上，經受著煎熬。全身都像裹了夾板，不能翻身。脹疼陣陣泛起，連牙齒也在脹疼。我想用讀書遏制這疼痛的催逼，可是毫無用處。小雪常常給我讀書到深夜。她低緩的、始終如一的語氣漸漸安慰了我。我重視這語氣遠遠超過了內容。在許多時候，我完全忽略了她正在讀什麼、正傳達一個什麼故事，有趣或無趣。

我一個人時，想得最多的就是永立。想像他在那個時刻經歷的比我多出十倍的苦痛和絕望。我此刻對他生出了雙倍的欽敬。

小雪的父親說我很快會站起來，並且會像受傷前一模一樣（他們錯了。我沒有很快站起；多年之後，我仍然有些微跛，在天氣變壞時，它痛得很厲害；隨著年齡的增長，就更是這樣）。

在第五天上，我可以扶著東西走幾步了。也就在這時，媽媽來了。我不知她是怎麼過河的。她一進門就抱住了我，叫出了聲音。而過去媽媽一直是默默流淚的。媽媽說回吧，可憐的孩子，回吧。

我多麼需要媽媽，可我寧可待在這幢茅屋裡。媽媽一遍又一遍感謝小雪一家，說他們先是救了她的男人，後又救了她的孩子。看著可憐的媽媽，我爲她的弓背和白髮難過。她衰老得眞快。我從她的語氣中聽出，她已經對那個可惡的繼父沒有了怨恨。而我那時遠遠不到原諒繼父的時刻，大概直到最終也沒有。

媽媽離開的第二天，小雪領來了她的老師。他輕手輕腳走到我的身邊，惟恐驚嚇了我。他握住我的手。一股清新的、無可比擬的力量流過來。我抓緊了老師的手。他說又讀了好多，並越發堅信了原來的看法。我的耳畔奏起快樂的鳴響，幸福感使我緊閉雙目。

媽媽很快領來了港上的人。他們先把我背過了河——從下游入海口那兒過河原來容易得很。河對岸停放著那輛破吉普車。在車上，媽媽不斷提醒我，說是繼父讓車來接我的。我將信將疑。

回家後，繼父還是原來的繼父。他並沒有因爲我的傷疼而憐惜什麼。院裡的鐵絲上又懸了新的動物毛皮。

太陽明顯地變大了。院角的雪在冒白氣。我從窗上看幾隻麻雀啄食——有水滴從橡樹上滴下，牠們就像小雞那樣仰脖接水、嚥下，抖著雙翅。春天說來就來。

我自覺康復了，只是行路跛腳，走不快，老要發疼。我可不願這樣子去學校，索性在家裡待下來。

一天，繼父和母親都出門了，屋裡很靜。我把許久沒有摸過的紙張取出，輕輕撫摸，感受它若有若無的芬芳。我聽到了吱扭扭的聲音，接著門被笨重地撞開。我第一眼就看到了搭在輪椅上那軟軟的兩條腿。我跳起來，差點跌倒。永立，整個人瘦得這麼厲害，臉都灰了。他肯定害了一場重病。他穿過一路泥濘，輪椅上、衣服上，到處濺滿雪水。

他發現了我的跛腿，直眼盯著。他雙唇翕動，但沒說出什麼。

大約二十多天沒有見面，他變成了這樣：焦枯的頭髮，無神的眼睛。兩條腿開始萎縮，腳像假的一樣。

我想把他抱到椅子上，他拒絕了。稍一停，他開始費力地去輪椅挎包裡翻找什麼。那是一疊紙：大大小小，顏色不一。看得出這是他長時間積攢的。這是我所能得到的最好的禮物。一股滾燙的熱流從心裡流過。

我只是摟緊了他，什麼也說不出。

第四部

衰老的祕密我比別人知道得早。衰老其實總要發出一個訊號。

這種訊號誰都能接收，不同之處是有人又早又敏感，而有人接受起來就遲鈍了。

於是後者往往是一路坦途的、有福的人。

一

在那個春天，城裡的人都常常看到我跛著腿推著輪椅，輪椅上坐著一個傷殘的少年。我們不太說話，也不太理睬路邊的人。常有大人和孩子跟上走一段，他們更多的是好奇。

我盡可能挺直身軀，並掩飾著那條跛腿。醫生說頂多過一個夏天這腿就不會跛了。我等著火熱的夏天來炙烤損傷的胯骨。

永立多半天不吭一聲。對於他，任何季節都是不能站立的季節。他沒有了盼望，所以眼睛開始發僵。他的父母常常吵嘴，那是因爲失去了耐心。只有他的母親偶爾抱住他，呼叫和泣哭。這樣只能更加使人絕望。

像我一樣，永立不願到學校去了。教室裡推進一輛輪椅，怎麼看怎麼彆扭。他想靠自學，學一點更有用的東西。他的父親從西街口請了一位師傅，是修理鐘錶的。師傅上門那一天我正好也在。一大早門被撞響了，接著是永立父親熱情的招呼聲。我往院裡瞥了一眼，嚇了一跳。

鐘錶師傅五十多歲，坐在一塊木板上。木板上有四個小輪子，他一手握緊一把撐子，撐一下，木板就往前挪動一步。

「快些永立，師傅來了，叫師傅。」他父親喊著。

永立一聲不吭。木板上的師傅往上看著他，嘴唇動了動，像口渴一樣噝一下。「你這孩子啊，嗯。不難學，不難學。」

永立母親說：「原先講好讓孩子去的，眞是麻煩您了。」

永立回頭看我。我握緊了他的手。

按照家裡人的設想，永立應該退學了。他從現在起要學一門手藝。永立用力握住我的手，那手很涼。

這一次我努力鎭定自己。很難忘記那個師傅帶給我的懼怕，我不知怎樣才能忘掉他。

從此每個星期永立都要去西街口找師傅三次。我有時陪他一起。大約是第二個星期，我推上他往前走，離街口還有十幾米時，他突然推開了我的手。他自己驅動車輪，駛向另一個方向去了。

從那天起，他再也沒有去找師傅。

他的父親發火，大呼小叫，說現成的活路你不走，你是想餓死啊！接下去的話不忍聽。

我爲永立哀痛。這痛感一泛起就刺我一下。這個粗魯的男人，他和繼父怎麼都差不多呢。

那個坐在木板上的師傅又像上次那樣進了小院。徒弟不辭而別令他懊惱，他不停地抱怨。一開始永立父母賠不是，後來師傅索要兩個星期的「帶徒費」，永立父親就火了。師傅揮動木撐子，轉身走掉了。

這一切永立和我都隔著窗戶看著。

兩天後永立交給我一個小布包。那是一把硬幣，是他在很長時間裡一點一點攢下的。他讓我交給那個師傅，一定交給，我答應了。

滿海灘的洋槐花都開放了，無數蜂蝶在花間旋舞。我和永立把許多時間花在這兒。這是最愉快的日子。

天一點點變熱了。海水一天比一天更藍，閃出誘人的光色。從城裡湧出一些肩扛小木筏和魚竿、攜著游泳衣的男女。他們從輪椅旁走過，一會兒就把我們甩開老遠。

那個水泥平台西邊是幾公里長的白沙灘，往日正是我們最好的去處。可是這個夏天那裡的人太多了。

我們不得不尋找僻靜之地。

二

這個夏天，儘管我還沒有辦理退學手續，但實際上已經與那個學校沒有什麼關係了。他們都對我上學的事兒不聞不問了。經歷了那次暴力之後，繼父不再試圖拘管我、改變我了。媽媽甚至把我那次受傷也多少看成了那次暴力的結果。她爲一切擔心，學業、身體，還有我的性格。她說：「我得一直跟著你啊孩子，我要能走在你後邊就好了。」

她過去從不接近這個話題。「走」字可不是一般的字。在這個城市裡，許多年紀大的人才願意說這個字。

我心裡的沉重比前一年增多了。一年時間對於我眞是了不起啊。在這漫長的三百多天裡，我經歷了一些要命的事兒。它們凝成一個硬塊往下墜。媽媽的白髮、弓下的背，還有臉上的皺紋……她愈來愈苦。這苦有一半是繼父給她的，另一半則來自我。對那個人我沒辦法，對自己呢？

也沒有辦法。因爲我不能完全聽從媽媽的意願。這令我痛苦神傷。我不能親手解除媽媽的苦，使我難過了一輩子。

做。

有人會說：呸，什麼兒子啊。

是啊。不過在當年我又能怎麼做。我這樣做又怨誰呢。即便能重新活一遍，我又能怎麼做。

每天除了沒頭沒尾地趴在床上，再就是去河西、去推那輛輪椅。這就是當時的三件事，它一度缺一不可，充塡了我的一切空間。它眞是我從心裡願意做的。

永立不能沒有我的陪伴，這再明白不過。可是有一天永立父親不知爲什麼火起來，挑釁的眼睛斜著我：你這輩子也別走，陪吧，你不陪他誰陪他？

我被這粗聲大喊嚇得退開一步，慌得抓不住輪椅手柄。我推起永立逃出了小院。一路上我都在心裡重複他那句話……他那樣說的理由很清楚，因爲我是那人的兒子。可是我從來也不是他的兒子啊，一天也不是。

我難過，輪椅上的人也在顫抖。他的臉蒼白得沒有一點血色；而嘴唇是黑紫的顏色。他惶惶的目光總在躲閃我。沒有比他更纖弱、更容易受傷的人了。我眞想抱住他痛哭一場。

在水泥平台上，我們照例停了一會兒。他看著西邊沙灘上的人群，雙眼一亮。他說：我們也去游泳，也去。我能一口氣游幾百米。

我害怕極了，因爲他該知道這是不可能的。可是他在火辣辣的陽光下，汗水流了滿臉，分不清是淚水還是汗水。我如何拒絕呢。

我們沿著海岸走，想找一個無人的地方。這樣轉了多半天，好不容易才停下來。這裡有潮水湧上來的黑色草屑，所以沒有人來。我把他抱下，但幫他脫衣服時被阻止了。他自己脫，脫得非常之快。我看著他赤裸的身體。他催促我快些，我就脫了。

我極力躲開他那軟軟的、變了顏色的下肢。那兩隻腳像是與他無關，我勒起他的身體，它就在下邊悠動。他一入水就推開我。倔強地昂著頭。可是只一會兒他就撐不住了，一次次沉下去。我撲過去托起他，他仍要拒絕，兩手在水中飛快划動，但只能堅持一小會兒，又要重新沉入水中。

整個下午都像是我在與他搏鬥。他好像要一直向大海深遠游去，而我不得不阻止他、托起他。他奮力划水、掙扎，一邊推我。最後離岸實在太遠了，太危險了。我覺得這種掙扎會把我們倆一塊兒沉到海底。我猛力拽他了，拽得他啊啊大叫。海水嗆進嘴裡，他就伴著叫聲吐出。他叫得嚇人，那已經完全不是他的聲音了。我就從來沒聽到這樣的聲音。可能當時我一遍遍勸說、哀求，也可能一句話也沒說。反正記得除了掙扎，精疲力盡，就是他最後那一場放聲痛哭。

那痛哭像嚎叫，壓過了海浪。我在任何時候想起他那天的泣哭，都要毛髮悚然。他面向落日，在紅通通的海水中昂著頭顱，大睜雙眼嚎哭。那是我聽到的最後一場痛哭。是放聲大哭。

三

從海上回來永立就病了。他躺在床上，大汗淋漓，每翻一下身都要人幫助。他的母親在身邊侍候，後來我一直待在那兒，她就離開了。永立伏著，一連幾個小時不睜眼，不吭聲，旁邊像沒有任何人。

我說：病好之後，我們一起去河西。

他像沒有聽見，仍舊閉著眼睛。

我又說了一遍，對著他的耳朵。正這時他父親領著一個提藥箱的人來了。他把我推到一邊，讓我走開。

我回家了，牽掛卻在增大，我睡不著吃不下，夜裡一直坐在黑影裡，像等待一個重要的消息。可是我又不能去他那裡，因爲他的父親嚴厲地拒絕我。我也不知要發生什麼。

我一直想著病好之後我們一塊兒去河西。這對永立很重要，我們三個在一起很重要。我強烈思念那幢棕色茅屋，這麼久了，我沒有到那兒去了。因爲我覺得現在一刻也不能離開這座城市。

深夜聽著碼頭上傳來的汽笛聲，總有一種奇特的感覺。好像它在催促我。多麼急促的聲音啊。我決定明天就去找永立。

醒來後聽見隔壁有人說話。一個女人的聲音，她和媽媽在說。大概她要走了，媽媽正挽留她。是永立母親。我跑過去。

她說：你起來了，你自己看看吧。這都是永立給你的，他非讓我馬上送來不可。

我沒怎麼在意她的話，只急著問永立的病。

她說：全好了，全好了，能自己出門了。

這時我才發現媽媽兩手捧著一個粗布包裹。永立母親走了，媽媽送她出門。她手裡還捧著包裹，有些不知所措。

我接過沉沉的東西，解開，原來是幾本書。書下邊是一個紙殼夾本，是我喜歡過的那個。打開夾本，心立刻加快了跳動：一疊紙，大大小小顏色不一，全是沒有用過的。媽媽，媽媽！我喊著，把這非同尋常的禮物向她一一展示。沒有一點聲音。抬起頭，這才發現媽媽正望著禮物發怔。她頭上的白髮像雪一樣壓在額上。我害怕了，但說不出爲什麼。

媽媽說：你去看看永立吧。要親眼看到他再回來。我的好孩子，快走吧。

我聽出這聲音格外地沉和冷。這聲音與我往日聽到的聲音不大相同。我幾乎再未思考什麼，抬腿就往門外跑去。

那個低矮的小門永遠關著。我重重地敲，什麼都不怕不顧了。他的父親開了門，一見是我又立刻要關門。我卻死死揪住他的手。他惡聲惡氣，但手卻鬆了。我衝進院裡，想從窗戶上看到永立。沒有，屋裡也沒有，輪椅也不在。

我又跑起來。

我想到了海岸、游泳場和水泥平台。到處都沒有。太陽升起了很高，海邊的人多起來。那輛輪椅該在陽光下閃亮啊，到處都沒有。我似乎看到了它的轍印，可是又分不清是哪一天印上的。

從海岸踏上叢林小路，從未有過的沮喪。我倚在一棵橡樹上喘息。大把的橡葉無端地垂落，掃疼了我。我用力想他可能去的地方。媽媽說這次「必須親眼見到他才能回家」，是的，我一定要找到你。我離開你了，眞蠢，而且膽怯。可能還有無用的自尊。你父親一呵斥我就離開了。眞蠢。

叢林中，往昔裡印上我們腳印的地方，全一一尋覓。我發現了一些新的轍印，心怦怦跳。可憐的永立，他在一天的時間裡竟然跑了這麼多的路。

一條轍印彎彎曲曲通向河邊。順著這轍印追趕，直到滔滔河水跟前。這兒的轍印又深又亂。可以想出他在這兒多麼費力才讓輪椅折回。

整整一個上午我都在發瘋一般尋找。除了叢林、海岸，我還往返了幾次他家。到處都沒有。

四

那是怎樣的一天！事後我想，我大概再也沒有力氣經歷那樣的一天了。我身上的一大部分活力就在那短短的一段時間裡傾盡和喪失了。那天之後我就改變了許多，一個角落的溫熱在消退，變得發涼、發木。我經歷了這一天就不再容易激動了，而且多年沒有眼淚。眼淚是一種奇怪的液體，來自神祕的泉，說乾涸就乾涸。後來，當悲傷讓我覺得淚水盈滿時，雙眼卻還是焦乾的。

那天直到中午仍未找到永立，於是有了不祥的預感。後來我發現媽媽和繼父一起出現在大街上，嚇了一跳。因爲這是他們第一次一塊兒走路。那個滿臉鬍鬚的高大男人身邊就是駝背的、又瘦又小的媽媽。媽媽比繼父年輕許多，這會兒看上去卻正好相反。他們一起從大街上往南拐，我一眼就看出他們是去那個小院。

我追上媽媽。她用乞求的聲音說：別跟上了，這會兒就回家去吧——別出來，就在家等我。

（我許久都不敢回憶媽媽當時的樣子。因爲離得近，我看清了她臉上的肌肉在抽搐，費了好大勁兒還控制不住全身的顫抖。她說話也非常吃力，像是站在冰涼刺骨的風中。）

那時我因爲害怕，幾乎來不及想什麼就往家走去。

回到家裡我才發現錯了，我根本待不下。肯定發生了足夠大的事情。

我往外跑去，這次不再猶豫，直接跑向港口圍牆西面，跑向那個水泥平台。我一拐過圍牆就知道晚了。那裡被堵得水洩不通。往常沙岸上散著的游泳者全聚過來。

潮水一般的騷動淹沒了哭叫。我費力擠進去，一眼看到了大聲哭叫的永立母親。旁邊，是蒙了白布的一副門板，一輛濕漉漉的輪椅。

永立是下午兩點左右被游泳的人發現的，接著很快被打撈上來。那輛輪椅打撈得很費勁，是港上的潛水工人弄上來的。

那一天的後半截我已沒有了記憶，雙耳鳴響，腦海裡一片模糊。我記不起當時幹了什麼、我在哪裡，也記不得繼父與另一個男人待在哪裡，他們在幹什麼。許多人事後都說：多麼可惜，太可惜了。那個孩子把輪椅搖到水泥平台上，一不小心掉了下去。這孩子眞不幸。只有我自己認定：永立是故意那樣的。他和輪椅一塊兒下去，做最後一次「跳水」。這之後他就不想回這個城市了。

這不幸的人等於是被繼父殺死的。

那個罪孽深重的人不知是懼怕還是別的原因，出事後一連許多天沒有回家。媽媽不再爲他焦急，只是聽到風吹院門才抬頭看一眼。他沒有回，十多天過去，仍然沒有回。也許只有這個禍手死了，才能多少彌補從天而降的災難。

這哀痛能把活著的人殺個半死。媽媽那時半天一動不動坐在身邊。風聲、樹葉的抖動聲，都要讓她觀望。媽媽守著我。才僅僅幾天，她整個人縮了蔫了。

這是個什麼夏天哪，這個夏天奪走了我的哥哥。我一閉眼就是那天在海裡游泳的情景：兩條不聽指揮的、軟軟的腿，徒勞的掙扎、汗水和淚水塗抹的臉，受傷野狼般的長嗥。完了，這裡什麼都完了。

繼父又出現了。他從何而來，沒有人問。他像經歷了漫長的飢餓和跋涉，人憔悴了，鬍鬚又亂又長，沾滿草屑。我發現，他不是騎那輛破摩托回來的——從這一天開始，他一直在大街上徒步來去。

陪伴我的只有永立遺贈的禮物了。幾本書、一疊紙，如同他的面容。我又記起很早以前從河西回來時他送我的那疊紙。我把它們寫滿了。而這些紙，我會一直保存下來。

我差不多一直在床上。什麼也不能做。不能在紙上寫。只要一出院門，我就看到大街上滿是轍印。縱橫的轍印讓我看得天旋地轉，不得不飛快回家。那天我實在忍不住了，連媽媽也勸我去河西，我就鼓足了勇氣。我發現城郊的樹林格外稠密和陰暗，到處都響著輪椅的粼粼聲，鳥鳴與海潮都無法壓過它。結果我又一次失望著返回。

這樣一直挨到秋天，片片落葉在地上愈積愈厚，覆蓋了一切痕跡，我才敢走上街頭。秋葉之後是大塊的雪朵，這個冬天哪，這個只剩了我一個人的冬天哪，要來就快些來吧。

五

媽媽說到底是過了一個夏天，你的腿不跛了。不跛了？不跛了。可是我覺得一切都像過去一樣，走和跑的時候，右胯那兒像被扭住了一樣。別人也說我跛得不太明顯了。

可是這有什麼重要的。

我已不太關心自己的腿了。我差不多什麼都不關心了。這種心情在後來的日子也出現過，但像那個夏天和秋天那樣，似乎沒有。

我在這種心情下寫著，好像一如既往，其實眞正旁若無人了。我可以不必偷偷摸摸，而是自顧自地寫下去。我能夠半天時間伏在床上，一口氣寫光一大疊紙。所有的紙，只要能寫字的，都被我寫個精光。我再不去那個「紙豪」處偷紙了，而是盡自己的力量搜索。除了舊日曆、廢書空隙、沾了油污的點心紙，還設法到港上撿來粗布一樣的包裝紙。這個時期是我寫得最多的日子。

我不再迴避繼父了。這種勇氣是那個悲憤之極的夏天給的，是永立給的。他敢最後一跳，我有什麼不敢的。那段躲躲藏藏的日子該過去了，這是眞的。我將不客氣地面對這個世界上的一切；既然這個世界對我不客氣，對媽媽不客氣，對夢中那個瘦削的男人不客氣，那就請便吧。

幸好那個膀大腰圓的傢伙沒再招惹我。我等著他來撕紙，等著他來。我會用牙齒、拳頭，甚至用筆尖去戳他的臉和手。忍受已經太漫長，無謂地漫長。永立也許在地下呼喚我報仇呢。

繼父彷彿對我視而不見。他變得沒有多少話，就是與媽媽也不愛說話了。那種霹靂一般的怒喝突然消失。他仍然打獵、喝酒，但不太打擾別人。可是一種陰冷的、說不出的危險充斥了這個家。這是我從媽媽深陷的眼窩上看出的。

媽媽的頭髮全白了。她的眼睛仍像過去一樣美麗、溫煦，可是如今被無數皺紋纏累了。她的眼睛一定受不住了，我發現她總是搓眼睛，用力地搓。我焦急中去捉她的手，她就擋開我。媽媽的手第一次這麼生硬地推擋我。

我不記得多長時間沒去河西了。那條河一天到晚流著。通往河西的那條路與最大的歡樂、最大的痛苦連在了一起。我覺得任何時候走上叢林小路，被一個坐在輪椅上的人拉住，那是不足為怪的。他一直在目送我，看著我的身影消失在太陽沉落的方向。

小雪忍不住了。她突然來了城裡，曲曲折折找到了我們家。我驚喜中又有些慌亂，因為這是第一次。她的到來完全出乎我的預料。她說父親把她送過了河。

她攜來自己新寫出的東西，留下讓我看。她對我這麼久未去河西感到驚奇，覺得這簡直是不可能的。媽媽對小雪又疼又憐，彷彿她是走了一千里來到了這裡。媽媽對小雪說話像呵氣一樣，不停發出「孩子，好孩子」。她把小雪當成了更小的娃娃，拍打她、親近她。我發現在媽媽身邊，小雪濡紅的臉上冒著一層細密的汗珠。她不好意思地瞥我一眼。

繼父並沒有粗暴地對待我的客人，而且還低聲與她說了幾句。

全家人都迴避了永立的死。我們都用親切和熱情掩去了什麼。而這個消息小雪有權知道。她終究要問那個朋友。那多可怕。

媽媽說秋天、冬天，說其他的事，說碼頭上的船，惟獨不說那個夏天。小雪沉默安然，像以往一樣。可是反襯著她的恬靜，媽媽就顯得絮叨了。我心裡對媽媽充滿了同情。

後來小雪單獨與我待在一起。她極想看看我新寫的東西。我來不及藏下，可又害怕她看。那上面就不止一次寫到可怕的夏天。那上面淚水太多，哀痛太多。我搖搖頭，把它們收起。她這次驚訝地看我一眼。

她掏出自己的一疊紙，像過去一樣，對著燈光緩緩地讀起來。整個夜晚只有這聲音。它熟悉極了。多久沒有聽到這聲音了？像溪水，最優美的溪水。

我的雙眼焦乾。可是我感覺淚水在湧出、流淌，我擦擦眼睛，它是焦乾的。

這溪流突然就停止了。

她的目光在問：永立呢？這裡應該有他啊！這兒的夜晚應該有他啊！

我回答不出。

六

在冬與秋的接縫處，這個城市總要颳一場大風。無情的風想毀壞一切，說不定就讓誰、讓什麼遭個災。

記載中大風拔去了電線杆，讓大樹倒下砸死了人，還有海中的船翻了，人死了，無蹤了，都是常事。

今年的這場大風颳了兩天，仍未停歇。它吹得牆都響，牆響與樹響、電線杆響不一樣，牆響很鈍，像錘子打出來的。大風天裡只要牆一響，災禍就近了。災禍落定之後風才能逝去。一場大風無非就是要選中幾個不幸的人，無非是這樣。

但我作夢也想不到今年的風會選中我們家。

起風第三天早上，媽媽覺得天似乎好了一點，就出門去。她剛走到街口，就被一陣風颳倒了。她爬起來，又倒下，後來索性就不起了，直到過路的工人把她背回家裡。這是目擊者告訴的。

媽媽被人背回來時，頭上臉上都是濕漉漉的樹葉，是草屑，衣服有幾處也撕碎了。她在向我微笑、點頭。她輕輕躺下。港上的人見她在笑，就覺得沒事了，回去了。臨走時他們說：很怪啊，那會兒大風基本上過去了，當時街上的風不大嘛。

早晨的風的確不大，那不過是一場大風的末尾。

可是媽媽卻像經受了致命的損傷。她全身沒有一點力氣，躺下就不起了。自從這不大的風把她颳倒之後，她就再也沒有起來一次。她在世上站立的時間到了，結束了，以後該是躺下休息了。

那天由於她的微笑，沒有人把問題看得多嚴重。繼父過來看了看，大概也以爲沒事，哼了一聲就去上班了。他比過去更像個上班的樣子，有時甚至穿上工作服。

屋裡只剩下我和媽媽了。我不眨眼地看媽媽的微笑。媽媽不說話。後來我才知道，她只有微笑的力氣了。微笑可能是所有表達中最省力的了，媽媽只剩下了這點力氣。媽媽的笑源於心田，順著眼睛流進了我的心田。這微笑所含的甘甜只有我來品咂。這是最後的贈與，但我當時還不知道。

我只是覺得媽媽臉色蠟黃，又開始蒼白。她整個人像是失去了所有的血液和水分，輕得不可想像。當我把媽媽雙手托起，讓她躺在褥墊上時，覺得她眞輕。而且在短短的幾分鐘裡，我覺得她身上正有什麼致命的東西分秒不停地離去。我從未如此地害怕和驚慌過，再未猶豫，背上媽媽就往醫院跑。媽媽大概沒有力量反對了，閉著眼睛。媽媽的身體輕得奇怪。

醫院的人有不少熟悉媽媽。幾年前她爲那個不幸的永立來去奔波，有時在醫院守候很長時間。這些她從未對人說起。他們迅速爲媽媽做了檢查，沒發現任何創傷。可是他們還是開始了搶救。

這是一間忙碌的、無聲無息的病房。醫生與護士小聲地、有時僅僅用眼神示意。是媽媽安詳平靜的面容統領和規定了這種氣氛。他們讓我離開一下，可是媽媽的目光挽留了我。我們再不要分開了，我們不能分開了。

後來他們又讓我去喊繼父，我沒有動。我們不能分開了。我覺得這是不眨眼看著母親的時刻。

入夜，媽媽在病房睡著了。她終於睡著了。我大睜眼睛看著媽媽，她的白髮一綹綹飄到臉上，睫毛垂了。她平靜得像沒有了呼吸。

一天過去了，繼父才得知我們母子的去處。他聽醫院裡的人講了什麼，眉頭緊鎖，不停地搓手。不長的時間，港長以及他身邊的鷹眼都來了。醫生不得不請他們走開，到另一間屋去。我本來也在被驅趕之列，但那時媽媽睡著了，握住了我的兩根手指。醫生看了看，留下了我。

室內重新安靜下來。護士在桌上擺了一束鮮花。媽媽睜開眼，微笑著。她還是不能說話。此刻她想聽我說嗎？我不知該說什麼，一句也說不出。我失去了用語言安慰媽媽的能力，眼睛也一直是焦乾的。媽媽的手抬了抬，沒有抬起。我伏在床沿，媽媽的手搭在了我的頭髮上。這手撫摸頭髮、額頭，又按眼睛、鼻子、嘴唇、下巴。

就在這個夜晚，我失去了媽媽。

當時只有我一個人在她身邊。

七

這座一夜之間變得陳舊不堪的城市，對於我，它等於沒有了。什麼都沒有了。很多年前媽媽攜我來此；而今媽媽捨下了它。它與我不再有什麼關係了。這麼短的時間內失去了媽媽，還有永立，天底下哪有這樣的狠心之地。

那個在床上躺了三天的繼父搖搖晃晃走過來，像要與我說句什麼。我的目光鎖住了他的嘴。他看不出我在想什麼。我已成爲一個勇敢可怕的人了。因爲我現在一無所有。以前從某本書上讀到：一無所有的人什麼也不怕。

我一連多少天在海灘叢林裡遊蕩。我在焦乾的荒草中回想往事，試著做出一個決定。我在這座城市把什麼都丟了：朋友、媽媽、學校。一個人的少年時期還有什麼比這三樣更為重要？再丟下去，那就肯定是、也只能是我自己的生命了。

我看著搖動的樹梢，心裡連連驚呼：老天，就是這要命的、每年秋末都要來臨的無形無色的怪物，奪去了媽媽。

媽媽是在風中倒下的。可是沒有這風呢？

她多想走在我的後面。她最放心不下的就是我了。明天她看不見，她要一直盯著我往前走。媽媽實在累了，她從遠方走來，走到這座陌生的、每年都要狂風大作的城市。來這兒之前就險些倒下，她是扶住了什麼才挺起來的。那個夢中出現的瘦削男子，我認定的生父，牽引了她的靈魂。他倒下時肯定扯了她一下。她沒有摔倒可真是萬幸。（繼父當年幫了她嗎？我驚懼地想到了繼父！）她知道，她可不能「走」啊。

媽媽堅持著，再也忍不住；風來了她就倒下了，隨它去了。可憐的媽媽，她是萬不得已才拋下了我。

地上焦乾的蕪草、破碎的落葉和枝條，把白沙和往昔印痕遮個嚴實。一個季節結束了，另一個卻要從頭開始。老橡樹的圓球果在腳下滾動，讓人想像成凝固的眼睛。這片在風中抖動的叢林，不知如何是好。它的前方是一條河，後面則是這座城市。

我在叢林中待到黃昏。彷彿就因爲我的緣故，林中幾乎沒有了鳥雀歸巢的吵叫。風息了，太陽一點點紅大、沉重。太陽嘆息的聲音我也聽到了。它在爲我嘆息。這聲音像鉛一樣，把世界墜下去了。

我在草地徘徊時聽到了遠處有人走動。這不是一般的走動，它似乎故意放得輕輕，但我還是聽到了。一個粗大的身影在左前方閃了一下；再次尋找，卻什麼都沒有了。

我敢肯定，我看到了他——我的繼父。我的心強力跳動了兩下，不知是恐懼還是其他。那一瞥之間就看出他不是來這兒打獵的。當然不是打獵。他不會在這樣的日子出來打獵，那樣槍會走火。

我沒有想他來這兒幹什麼，什麼時候進了林子。只是後來才想：這片林子當時沒有任何值得他牽掛的東西。這個鐵石心腸、差不多是親手毀掉了永立和媽媽的人，在那個黃昏卻令人費解地竄到林子裡。這事讓我難忘。

如果他還有一絲仁慈和愧疚之心，他就該隨別人而去。他才不會這樣。他大概還要打發更多的人上路，只把自己留下。

天漆黑我才回到城裡。家裡沒有燈。那個人坐在黑影裡吸菸喝酒。辛辣的菸酒氣，永遠厭惡的氣味，彌漫了黑夜。他聽到我邁進院門就咳嗽，連咳幾聲。我早聽到了，惡心。

我直接到自己的屋子。後來聽到拖拖拉拉的腳步聲在外面響了好久。風又起了，風聲終於讓我的雙眼燙疼。我摸摸眼睛，它還是焦乾的。心裡的呻吟把我逼得無法支持，緊倚在那個老式櫃子上。我們一起發抖。

烏黑的夜晚，什麼都看不見。無法睡去，所以也無法作夢。連夢也沒有的夜晚，叫人怎麼挨下去。

媽媽在時，有風的夜晚總要點一盞燈。媽媽沒有了，誰也無心撥起一點光亮。

八

對我來說，緊接而來的這個冬天是一生最冷的季節。我像被生硬地剝去了所有衣衫，赤條條地推到了冰天雪地。這個冬天沒有凍死，大概就再也不會死於寒冷了。我只需提防在熾熱和狂歡中倒下——許久之後，我竟然成了一個禁不住福音的人。我後來甚至演變得懼怕美好消息，這消息只要是關於我的，只要是極好的，就總是讓我戰慄。相反我倒不怕噩耗，並且愈來愈不怕。好像我生來就在等待它們，它們已成了我的老友。

廣 告 回 信
台灣北區郵政
管理局登記證
北台字第15949號

235-62
台北縣中和市中正路800號13樓之3

印刻出版有限公司　收

讀者服務部

INK

INK PUBLISHING

「王安憶海派風情聚閱部」
會員資料卡

姓名：＿＿＿＿＿＿＿＿＿＿ 性別：□男 □女

出生日期：＿＿＿＿＿年＿＿＿＿＿月＿＿＿＿日

學歷：□國中 □高中 □大專 □研究所（含以上）

職業：□軍 □公 □教育 □商 □農

□服務業 □自由業 □學生 □家管

□製造業 □銷售員 □資訊業 □大眾傳播

□醫藥業 □交通業 □貿易業 □其他＿＿＿＿＿＿

付款方式：□現場付款 □線上付款 □郵政劃撥 □銀行匯款

送書地址：＿＿＿＿＿＿＿＿＿＿＿＿＿＿＿＿＿＿＿＿

通訊地址：＿＿＿＿＿＿＿＿＿＿＿＿＿＿＿＿＿＿＿＿

電話：（日）＿＿＿＿＿＿＿＿＿＿（夜）＿＿＿＿＿＿＿＿＿＿

傳真：＿＿＿＿＿＿＿＿＿＿＿＿＿＿

e-mail：＿＿＿＿＿＿＿＿＿＿＿＿＿＿＿＿＿＿＿＿＿

購買的日期：＿＿＿＿＿年＿＿＿＿＿月＿＿＿＿日

購書地點：□書店 □書展 □書報攤 □郵購 □直銷 □贈閱 □其他

這個冬天我常躑躅在茫雪中，一直出城，走向海灘。回首望著靜止的輪船，覺得整個城市都冰封了，航船既不能靠岸，也不能啓碇。我在雪地接收到了蒼老的訊號。在別人眼裡我那時還是個十幾歲的孩子，可這只是徒有其表。老邁和暮年的訊號從那個冬天的茫茫深處傳來，眞的被我收下了。我壓抑著驚嘆，望著掛滿白朵的樹梢。

千樹萬樹都沉沉負載了。往前走，不知不覺就到了冰河跟前。瓦亮的冰板，從雪粉中偶露的黑色堤岸，都讓我癡癡張望。現在過河是多麼簡單啊，一抬腿就行了，一會兒就可以看到那幢茅屋了。嫣紅的炭火、歡笑的狗，還有她、他們。

但我終未過河。一次次走來，又一次次返回。我不知小雪纖小的身影是否也曾踱到對岸？我希望從雪地上發現確定無疑的腳印。寒風襲來，攪起一股雪塵，我就蹲下。我知道風能讓人倒地不起。我提防它，不是因爲怕它，而是因爲還有許多事情，因爲還有一場忙碌。

這就是我，一個過早接受了蒼老訊號的人。衰老的祕密我比別人知道得早。衰老其實總要發出一個訊號。這種訊號誰都能接收，不同之處是有人又早又敏感，而有人接受起來就遲鈍了。於是後者往往是一路坦途的、有福的人。

不過他們啊，童年這一段可過得太長了。

我想在春天來臨時再去河西。現在還得咬住牙關。全靠自己了。沒人問我飢渴寒暖，我在一兩個月的時間裡已變得皮包骨頭，頭髮髒亂，快要披到了肩頭（媽媽在時會心痛的。只有她會心痛）。

夜裡飢餓逼上來，我就用思念抵擋一陣。我無法忘記那些件我終生的歡樂。想一切的細節：小雪甜甜低緩的聲音，沉默下垂的眼睫，還有她的老師——那個瘦瘦的中年人。他的美好預言像金屬擊打出的錚錚之音，清亮悅人。這是午夜裡讓人流淚的聲音。我多想奔到他們身邊。

可是有什麼阻礙了我。是無頭無尾無邊無際的沮喪，是愁苦和傷痛，是死亡的絕望。我無法逃出，哪怕是一天、一刻。

但我的心已從這死寂的午夜逃離。我回到了我的原來。我甚至懷疑媽媽也去了那個遙遠之地。

失眠的夜晚，他在黑洞洞的地方不停地走動，龐大的軀體碾壓著地板，發出悶聲。我知道他就在離我屋門不遠的地方來回折騰。這在過去是從未有過的事兒，他這回可能要瘋癲。

如果眞有那一天，也是個報應。反正報應落到他頭上並不過分。我應該趕快逃開。

一天晚上，我正聽著紊亂沉重的腳步，突然又是轟隆一響。天花板上有碎屑被震落。我出了一身冷汗，坐起來，緊靠著那只木櫃子。腳步聲消失了很久我才開了門，發現走廊裡躺倒了兩只木箱。這肯定是他不小心碰倒的。一只箱子下壓住了他的菸斗。慌亂中他來不及撿起菸斗就逃開了。他也有怯懦。我這之前從不知道他還有。

我就在這個夜晚做出了一個決定：離開這座城市，這個家。

九

做出了那個影響一生的決定之後，身上好受多了。沒有盡頭的失眠之夜，也在那一刻結束。我仰躺著睡著了，直睡到太陽升起。醒來第一件事就是細細打算，攜走至爲重要的東西：每一片紙、每一個字。

我那時就懂得，其他都是不太重要的。

那一箱書眞捨不得，但也只能挑出幾本，剩下的給她——小雪。

我知道今後的日子還需要許多許多紙，它可能遠比食物還要難覓。我在這個地方搜尋了所有地方，連小小的紙頭都未放過。只有這時我才又一次想過了「紙豪」，但最後我忍住了。

永立生前對我的寶貴饋贈——一疊紙和幾本書——將伴我一生。

最後幾天，一場大雪圍困了整座城市。大街上一連幾天不能行駛汽車，全城都動員出來除雪。繼父這一次與以往不同，他總算離開了那張寬大的床，出門加入了掃雪的人群。這使我有機會在房子各處走一走，細細地印上告別的目光。

在媽媽的屋裡，我長久地依偎床前，媽媽的氣息讓我難以支持。我又一次想起兩年前那個胖老師的預言：我的未來一片漆黑。漆黑中失去了媽媽的手，就永遠地失去了。我要隨處尋找了，去沒有媽媽的世界。這鋪天蓋地的大雪啊，在媽媽生前我從未害怕過。可是今天我什麼都怕，怕風、怕埋葬一切的白粉。

從媽媽屋裡出來，我又去了他那間散發著火藥味的屋子。這兒出奇地寒冷。這使我突然明白，爲什麼這張寬大的床上總是堆滿了被子和軍大衣。我掀開被子，盯住疊疊相挨的紙。它們五顏六色，依舊放著炫目光澤。我的手按在上面，感受那種特異的滑潤和暖意。

這天下午，我告別了這座城市。

第五部

我在接近人心的奧祕。比如人怎樣熱愛了寫作，不停地畫下一些痕跡。

他們只是爲寫而寫，並不希求什麼，不爲榮譽，更不爲金錢。

男的、女的、老人、小孩，只要染上了這樣的「毛病」，就再也不會痊癒。

一

我在嘩嘩流動的水聲裡上路。小雪他們問我去哪裡？我指指前方。感激她的全家，感激她的老師——他對我那麼多的期待。他認爲我在不久的將來會帶給他一個好消息。我也這樣想。人哪，總要靠信心和勇氣抵擋悲傷，總要把石頭一樣的苦難甩在身後。

我明白，我今後要做的就是一心一意找回老師那個預言。它讓我忘掉其他，忘掉全部。

這條河離我愈來愈遠。我對小雪一家說：我會返回。他們說：孩子，那個親戚對你不好，就回來。哪有親戚，可我沒說什麼，只點點頭。

淡淡的山影啊，記得媽媽就從那兒扯上我的手，把我牽走。一切又要從頭開始了。從今以後啊，等著瞧吧。我要忘掉那個繼父，還有其他——可我一閉眼就看見永立的輪椅從水中撈上來，水珠淋漓。

我們眞是難分難解的一對，無論他活著還是死去。他這輩子都在我前邊撥著輪椅，我追趕，追上替他推。

受傷的右膀骨終於沒有饒我。天一冷它就疼，半夜裡哭喊尖叫，把我吵醒。別人聽不到它的抱怨，只有我。我知道今後老得照料它了。

一路回想小雪，回想她爲媽媽和永立流下的無數淚水。她對爸爸媽媽說：從今以後，楷明就在家裡了。多麼感激。眞能這樣多好。可我還要離開。遠處有人呼喚我了——這聲音我能聽得見，只有我能聽得見。

我從未將隱隱的呼喚告訴別人，哪怕是最親近的人。無論何時，只要那呼喚在耳畔一響，我就得上路。所以我這一輩子不辭而別的時候很多，並一再引起別人的反感。對誰解釋呢。

作爲一個孤兒今後也就隨便了。我可以自由來去，無牽無掛，對一切不理不睬。這需要有個決心，我會在長時間裡試驗這決心。從那個可怕之地跑出來，一邁步也就遠了，千里萬里都是它了。

我這一路上想了許多人。除了我生來認識的親人和朋友，還想了外祖母。這是一個近在眼前的慈愛老人，她正日夜關心我。想過她，又想其他曾決定了我命運的親人。他們都提前許多年消逝在黑夜裡了。不過我知道自己身上有他們給的東西，比如性格。他們各自交出一點，也就形成了我現在的性格。給我最多的當然是生父，所以他讓我夢牽魂繞。

所有親人都在夜色裡走遠了。我恍惚覺得他們都在他鄉流浪。無數人談過了流浪之苦，只沒說流浪的幸福。我的親人生前受盡了苦楚，如今苦盡甘來，開始無拘無束地漫遊了。我從現在也學他們了。

媽媽加入了他們的隊伍，還有永立；再想想，大概還有小雪老師所崇敬的那位老人。

總之所有不幸的人、不快活的人，後半截路上都能自由自在地漫遊了。這是他們用自己的苦痛換來的，不易呢。誰要羡慕他們，那就先受盡苦楚好了。

二

我身上除了幾本書、那一捆寫滿了字的滾燙的紙、各種各樣的紙，幾乎再沒有什麼了。一點零用錢、食物和衣服，都是小雪一家送我的。我離家時竟然沒有想到還要吃飯穿衣……最初的飢餓難以忍受時，我就掏出筆來一陣猛寫。飢餓使我搜腸刮肚地思索，那種絞擰疼痛的感覺讓我狠力抓住了筆，使勁畫下去。畫破的紙張讓我難受，我把它撫平，貼在身上。

河汊邊上有一座土屋，我踉踉蹌蹌進院，一眼就看到了媽媽的背影。我脫口大喊一聲，她轉過臉來。不是媽媽。可是她的年紀和媽媽差不多，一臉的溫厚。「好孩兒家來吧，好孩兒。」她像喚鳥一樣，兩手按在窗櫺上小心地叫。

老人招待我吃了第一頓飯，是糠窩窩，摻了很多米粉，很甜。這甜味讓我記了許多年。後來只要吃到最好的甜食，總覺得它們泛出當年糠窩的甜味。

老人問我進山裡幹什麼？我不假思索地喊一聲：找父親！可是這喊聲只響在心裡。老人不等我回答就抹起了眼睛，原來她在等自己的兒子——他比我要大，正在南邊更高的山裡幹活，一個月回來一次。

老人忙忙碌碌，回轉身時開始了自問自答。她說這是個什麼年頭啊？離開家的年頭啊。這是個什麼年頭啊？人變啞巴的年頭啊。這是個什麼年頭啊？啞巴說話的年頭啊……她該不會把我當成了啞巴吧。我後來一直記著她那些自言自語，並把它們寫在紙上。

入夜後老人讓我上炕，接著在炕洞裡塡上一捆柴禾。初春天多冷，火嚕嚕響。她把大襟衣服揪一揪裹上雙腿，又把一條補了又補的花毯子搭在我的下身。她自言時就搖晃一時膝蓋，眼望著窗外的夜色。

入睡前，她爲我剪了散亂的頭髮。那是我蓄了好久的蕪髮，它們實在太亂太髒了，我沒有心情去修剪它們。這之前小雪母親也試著爲我剪過，被我拒絕了。那時看一眼這頭髮，就知道我是個身遭不幸的人。老人眼神不好，那把剪刀也有些鏽，結果一下剪破了頭皮，血嘩嘩流下來她才發現。她叫起來，找棉花，擦，血止住了。奇怪的是我並不覺得有什麼痛。

老人剪破了我的頭，一個人在昏暗的燈影下哭。哭了一會兒，又下去燒香了。土屋中間有一個木几，上邊有個香爐。

這一夜我睡得眞好。睡前我想起了繼父，想起了他留在黑屋中的沉重腳步聲。如今他一個人在那裡走動了，那幾間大屋子、屋前的院子、各種花草、大橡子樹，全歸他一個人了。我知道他不願失去媽媽，甚至也不願失去我——可是我們偏偏都要失去。我們對他也有點狠了。不得不狠，不得不丟掉善良，因爲他就不善良。

我醒得比老人晚。她在掃那個小土院。那是永遠也掃不淨的土院。她熬起了糊糊。我爲她抱柴、挑水，她說：哦喲好孩兒，好孩兒。

太陽升起來了，百鳥歡鳴的山路在等著我，身上又有了力氣，該上路了。我背起包裹前仔細看了看睡過的這座大炕，這才發現炕壁上貼了一些紙：舊報紙、發黃的糊窗紙。有的紙乾裂了，掀起了半角。我當時心裡毫無猶豫，幾乎什麼也沒有想，伸手就揭那兩張發黃的紙片，迅速把它們裝進了包裡。可是我馬上看到撕過紙的地方露出了泥牆，這才後悔。

可能我剛開始撕紙那會兒老人就站在身後。她怎麼也不解。她看我的眼神多麼奇怪。那是我最尷尬的時刻。我難以解釋自己對紙的喜愛，還有這次不假思索的偷竊。我眞想懲罰那隻左手，因爲是它伸出去撕了紙。

在我出神的時候，老人才看到我背起的包裹。她一遍遍挽留，又往我兜裡塞進了幾個糠窩。我閉上了眼睛，每逢淚水湧動的感覺泛來，我就這樣。實際上它仍舊乾乾的。我乾涸的淚泉啊。

她的手撫摸我的頭髮，那被她修剪過的頭髮。後來這手停止了，她走了。只一會兒她就取來了一疊紙——我馬上聽到了紙頁相摩的沙沙聲，立刻睜開眼睛。老人手裡是五六張焦黃的馬糞紙。它們是不能用來寫字的，可是它們仍然讓我心裡湧過一陣燙感。我的雙手已經牢牢地抓住了它。

老人又自問自答起來。她說這是個什麼年頭啊？離開家的年頭啊；這是個什麼年頭啊？有家難回的年頭啊。一邊說一邊扯著、撲打著我的衣襟。我再忍不住，倚進了老人懷裡。這一會兒她一動不動。後來她瘦弱的身子搖晃起來。老人在哭。

我說：老媽媽，我走過這兒還要來看您，老媽媽！

我心裡這樣想了，但不知是否完整地說出來過。我只看到老人慌慌地退開一步，說：

「啊喲好孩兒，好孩兒不是啞巴……」

三

我站在高處，望著陽光下閃動變幻的那一片春天的霧靄，就覺得這茫茫一片無一不是我的去處。我想當年和媽媽就是從這裡走出去的。

一道山連著一道山，山間有平坦的河川地，那裡有叢叢樹木，有十幾幢或一整片房屋。我走得又累又渴，但漸漸遠離了絕望。從吃上那位老媽媽的糠窩開始，我就明白了自己再餓不死，遠遠近近的山水都會養活我。而這之前我帶著多大的悲觀。

蹲在一條清清小溪旁飲水，看著黑色脊背的小魚從眼前竄過，幸福感讓人不可遏制。有時我直想叫出來。太陽升得再高一些，後背曬暖了，風息了，我就倚著一棵大樹找出紙和筆。我寫了些什麼啊，很多懷念，默想，午夜裡對那位老媽媽說不出的感激。我有時一口氣就能寫滿幾張紙。我的筆一發而不可收，最後才發現我消耗的紙太多了。我盡可能把它寫得小而又小，並寫在紙的兩面。

春天在山裡大聲喧譁了。柳樹芽像小小毛蟲，它們騷動了我的快樂。我學山裡人那樣吃新鮮的柳芽，吃剛長成不久的薺菜。整整一條大川裡的人都在這個春天認識了我，他們開始咧嘴笑了。我木木的神色他們也習慣了，都知道我是一個無家可歸的、不願說話的、非常怪異的少年。但他們無意中發現了我會寫一手好字，就驚訝得大張嘴巴，接著一傳十十傳百。

我幫助一個村的老會計抄賬。這是由一個年長的人應允了的。剛開始我被人領到田裡搬柴禾、撿卵石，再後來那個年長的人發現了我在不停地寫——那時我住在一個光棍漢家，老頭子夜間來拉呱，光棍漢向他報告了。他略有嚴厲地向我索要剛寫成的字紙看，卻拿倒了。這使我知道他根本不識字。

第二天，年長的人領來了一個雙眼鼓鼓的中年人，他是小學校的先生。先生在油燈下檢查了所有字紙，一邊看一邊不停地噴鼻子。我已經不太緊張了，因爲我並不以爲這兒有誰會看得懂這些。我壓下了委屈和憤怒，因爲不想讓他們把我趕走。那個先生看了一會兒，撓撓頭咕噥：「誰知道呢，反正不礙事——大概是『作文』。」年長的人「哦哦」兩聲，笑眯眯地看我了。

就這樣，他把我領給了會計。

光棍漢叫「大興」，是個終日不吭一聲的人。我喜歡這樣的性格，願和他一塊兒沉默。他不會妨礙我想事情。是的，我是進山想事情的。我想過了許多許多，往事，往事，往事的往事，有的甚至是從未發生的事，那大概就是「未來」了。有時想得直想流淚。流不下。

光棍漢把我寫字這事兒報告了年長的人，曾使我氣憤。我要搬走，他就伸出雙手攔住我。他並不壞，他只是看到我不停地寫，害怕。

他家裡空空蕩蕩，幾乎什麼也沒有。我注意到，無論是什麼紙，他家裡一點都不見。大山深處的人，身邊往往沒有一塊紙頭。他們不捲旱菸，因爲沒有紙，抽菸一律使用菸斗。光棍漢養了一頭豬，非常喜歡，僅有的幾句話也跟牠說。我來這兒之前，他讓豬睡在家裡。

村裡有許多光棍漢。他們有的年紀很大了，人非常老實。他們見了生人願意躲起來，盡可能少說話——當時不明白，後來年紀大了，才知道這是沒有愛情的結果。他們很願幫助人，他們把一般人用在愛情上的熱烈心情，全拿出來幫助了別人。

有一次我被幾個比我大的青年無端地欺辱，最早站出來幫我的就是幾個光棍漢。他們不說什麼，走到那幾個年輕人跟前，一下把他們掀個趔趄。我心裡充滿了感激。那時我並不怕，我會在必要時捨命一搏。我想念媽媽，日夜想念。所以我不怕欺辱。狠狠地打擊那些欺辱者，就等於爲媽媽伸冤了。我相信善良的人，無論因爲什麼原因死去，肯定都有冤。

春末，大興家的豬愈來愈大，屠宰場要來收購了。大興躺在炕上不起來。年長的人來勸說，一聲聲勸說，他只是不吭。他幾天不吃不喝，閉著眼。年長的人對我說：看看吧，每養一頭豬他都得這樣。

山裡人一年的花銷全靠一頭豬了。我更知道大興沒有辦法使自己不難過，就像沒有辦法使自己不貧窮，不做光棍漢一樣。

來這兒的人多起來了。不少人笑嘻嘻地嚷，說看看吧，又這樣了，大興又裝死了。也有人木著臉，像大興一樣悲哀。有一個人不停地哭，在大興身邊伏著。這人就是那天幫我掀倒欺辱者的光棍漢之一。他長長的臉，有些歪，眼睛也不太正。他下唇比上唇長出許多，哭的時候，下唇就不停地抖。

我覺得所有的村裡人，惟有這兩個光棍漢像孩子。我愛孩子，愛所有像孩子一樣的人。豬最終送到了屠宰場。像過去一樣，大興病了。那個陪他哭過的光棍漢也陪他病了。他叫「歪歪」。

大興初癒之後的一個晚上，歪歪來玩，突然對我發出邀請：「你能跟我去去？」這聲音小得像蚊蟲，還帶著十二分的羞澀。

我點了點頭。

四

歪歪住在小村邊角上的一個小屋中。這小屋其實更像草棚，兩間，是秫秸做的，抹了泥。自從我隨他走進小屋的那一刻，他就不能抑制地抖動起來。他的下巴、肩膀，到處都抖。他摸摸索索找火柴，點上如豆的小燈。鄉間都是這種燈，燈苗愈小愈省油。他在燈下坐著，用黑藍色的被子把下身圍住，一聲不吭抵抗寒冷。而我一點也感不到冷意，因為這個季節不冷。他的牙齒磕碰著，說了一句：「這一圍遭兒，就我一個了。」

我不明白，聽下去。

他伸出瘦長的手摸摸脖子、喉結，噝著，「就我一個和你一樣的人。」

我有些慌，因為我實在看不出他哪裡與我一樣。這個結論讓我心寒，儘管我對他充滿了同情。我看著他，極力想看出祕密。

「我也寫啊，不停手啊——這點上咱倆一樣……我是識字的人，我夜晚、下雨天，都這樣寫。我原以為這兒是自己一個人幹呢，後來大興告訴我——」他火辣辣的雙眼盯住我，再也不抖了。

一股熱流湧到臉上。我因爲完全沒有預料，有些懵。大山裡有人——是他，在不停地寫，這是想也不敢想的事情。我覺得燥熱，站起。他也把蓋在下身的被子一下掀掉。我又坐下。

歪歪弓著腰去黑影裡翻騰了一會兒，抱出一個匣子。匣子上掛著一把極小的鎖，他在用挖耳勺那麼大的鑰匙開啓。匣子推到燈下，還是看不清。他從裡面捏起一疊。我看出那是大大小小的紙片。我沒等他應允就接過來，發現它們很沉。我展開，見有的是紙，有的是厚紙板，而有的是從什麼包裝箱上撕下來的舊皮革之類；還有的竟是粉白的樹皮。所有這些都經仔細修剪，弄成整齊的正方形或長方形，四周還畫了筆直的邊緣線。它的精細、一絲不苟，都達到了出奇的完美。我那一刻眞是呆了，大氣也不敢出。

他在一旁咕噥：「我從不給人。」

我端在臉前，急於讀出它的內容。這幾乎是不可能的。因爲它既是簡繁體混在一起，又有怪異的自創體。更可怕的是他自己臨時造出了許多字。這一瞬間我就明白了，他基本上還處於語法不通的階段。正在爲難，他不由分說從我手中取走了，說我讀你聽吧，你只管聽吧。

接下去發生的事兒眞是不可思議——他一讀我竟完全聽得懂了。那嗓音幾乎徹底改變了，變得無比甜美。我極少聽過歪歪這樣甜美的讀書聲。低緩的讀念糅入了無限的深情，音調起起伏伏，像一條小溪或山路。讀時，那張「紙片」一直擋在臉前。

我漸漸沉入了美好的聲音裡。我無法敘說感激的心情，還有說不出的羨慕。他寫的、記下的，都是很平常的山裡事情：幾年前下的一場雨雪、一隻狗的死、大馬生了小駒、長輩人對他的一次叮囑……諸如此類。可是它們有著無法替代的意味和意思。他的口氣、心情，與我完全不同。他那麼喜歡用語氣嘆詞，而這些詞，有許多字典上完全沒有，也只有用他自己的符號來記了。我一直閉著眼睛，當這聲音終止時，我才睜開眼——我立刻大吃一驚。

歪歪的腮上、嘴角邊，都掛滿了大滴的淚珠。

他已經沒法讀下去，不得不停下來擦眼睛。

令我震驚的是，他寫出的幾乎很少悲痛難忍的故事。他原來是這麼容易動情的一個人。這又使我想起了他伏在大輿身邊哭的情景。我呼吸都變得輕輕的。

如豆的小燈熄了。他沮喪地說一句：「沒有油了。」

接著我們完全待在黑影裡了。他像是哀求我把寫的東西拿來，他要聽。他說從來看不太懂別人寫下的什麼，但能聽。在這之前他好像還有過一二次類似的經歷——「這多麼不易啊，多麼不易啊，人哪，人活著就得寫呀，寫個不停呀。可是到哪兒找這樣的人去。沒有，到處沒有。那是哪一年了？聽說幾十里外，山的那一邊有個『口子鎭』，鎭上有個叫『疙娃』的會寫。那一次就趕了去，整整一夜沒睡。我讀，他聽；然後又換過來。哎呀，好啊，好啊。我常常不見了影兒，我是去會『疙娃』了啊……」

我牢牢記住了那個名字。

這一夜離去，出門時一仰臉看到了新亮的星星，一顆一顆。我想我會再來這兒的，也會取來我寫那些。

這像我所經歷的最美好、最難忘的夜晚了。我也不知多久沒有這樣的夜晚了——這只有河西，只有小雪的茅屋中度過的日子才可以相比。多麼幸福。我原來是爲此而來啊。我來了，見到大山裡的朋友了……

五

因爲有歪歪，我大大推遲了離去的日子。我想在將來，即便離這兒十分遙遠，我也會返回來看望他的。

那些夜晚我經常去歪歪的小屋。他聽我讀，聽我同樣低緩的聲音。可是這聲音沒有他那樣令人感動。他傾聽時，長長的下唇顫個不休，像是很驚訝。他有時聽不懂，就抱住頭絕望地呻吟起來。他咕噥：「我多麼沒有文化。」他狠勁砸自己的頭。可這時最難受的倒是我。因爲我心裡完全清楚，這是我的緣故：這些糾纏難分的意思啊，只有我才能跟住它。我這自語和嘆息，這壓在心底的呼叫，當年曾把我的雙唇磨出了水泡，眼睛纏上了紅絲，臉上抹滿了陰雲。

有時歪歪聽得清晰，就渾身大動，搖搖晃晃站起，伏在窗前。他在低低嗥叫：你啊，你如今哪，你該來聽啊，你啊你啊，你冤枉了我。我想你，我不去。我想你，就不去。我得想過來才行……

我明白了，他這會兒不斷重複的「你」是遠在口子鎮的「疙娃」。我停止，抬頭看他。我把早日憋在心中的請求吐出來：我要去找「疙娃」，不管多麼遠的路，都要帶我去見那個「寫個不停的人」。

歪歪像個刺蝟一樣縮向屋角，很快球了起來。他細長的個子，球起後竟如此之小。他急劇擺手：啊不，不；我不。爲什麼？我與那人吵架了。

他膽怯、羞澀，這模樣是我從未見過的。我想了解他與那個「疙娃」的奇怪爭吵，他低低的、狼嗥似的呼喚。可是我不會問他的。我只是火燒火燎地想見那個人，那個藏在大山另一道褶縫中的人。我不知道他的年齡、他的故事，只知道他與我、與小雪、與眼前的歪歪一樣：寫個不停。對害了這種毛病的人不能問「爲什麼」，正像不能問一個人出生和活著「爲什麼」一樣。

這個夜晚歪歪無心讀也無心聽了。燈盞裡只有可憐巴巴的一點油。剩下的時間他一直站在窗前。我內心對他充滿了同情。我想在大山裡的兩個人，兩個相似的人，不知爲什麼分開了。而他們之間一定充滿了友誼，至今相互吸引。可是他們要分開。

我的食物沒有太充裕的時候，好像這一輩子，只有媽媽在的那些年和後來極短的幾年中，不必爲吃食發愁。有時沒有可吃的東西，有時是無心調製。這可能也是後來身體急劇惡化的原因之一。

在山裡，我只要掙來吃食，也就不急著找事做了。有時隨別人做上一個季度，分一點紅，買些零零碎碎的東西。我除了鞋子，穿的總是很省。我在鄉間的一些小零售店裡偶爾發現一些紙，就不失時機地買下一大張，又裁成小三十二開存起。我對朋友相贈的最好禮物就是紙，我給了歪歪十張淺黃色的紙，他不住聲地感謝（二十餘年後，我爲了表達對一個異性的好感，曾把自己最喜歡的一疊紙贈給了她。她收下後大概也不甚了了）。

爲了去尋找「疙娃」，我的挎包裡特意裝了三個黑麵鍋餅、十張紙。沒有帶水，因爲山裡隨時可以找到甜溪。按照歪歪的指點，我不顧一切地獨自上路。我沒法不儘快見到這樣的人，我的這種好奇簡直保持了一生。我幾乎對所有「寫個不停」的人都抱有好奇心。我關心他們，因爲我知道這是怎麼一回事，知道這一切都源於童年或少年時期。

翻過三道山梁，從高處看到一片灰糊糊的房屋。它也像我所見到的所有山村一樣，擠在了一片河川地上。稀稀落落的樹木，樹梢上纏了霧氣。這兒藏了那樣一個人呢。

愈是接近它，愈是泛著探險般的快樂。我好像從某個說不清的時刻起，變得大膽潑辣起來了。我對與我差不多的一種人變得那麼好奇。那樣一個人，你啊，永遠藏不住呢。有人來打擾你了，是個焦渴的人，一個由於太多的話語堵塞了口腔，常常像啞巴一樣的人。你如果厭棄，他就走開。

我的冷漠啊，這一生差不多人人都說我冷漠。可是我的熱情啊，最終也沒有幾個人知道。

六

疙娃住在一間廂房裡，個子矮小，非常容易激動，愛好沒有目標地宣講。他見了我，沒有驚訝也沒有挑剔。只是他一見面不久，就開始了宣講。

在疙娃這兒，彷彿不停地寫只是第二位的事情。主要是講，講得疲憊了再坐下寫。如果沒有疲憊，他就無法坐下來。他的性子太急，好動，在屋裡亂走。他在鎭上一間作坊裡幹活，那兒實行三班制，他幹足了八小時，回來睡很少的覺，接著就是講和寫。他讀了不少書，而且能夠背誦。

他的擁有讓人嫉妒：一疊又一疊整整齊齊的紅紙。後來我才知道，這是那個作坊的包裝紙。但這些紙在我看來好極了，像絲綢一樣潤滑，而且有一種粉香，像木槿花那樣香氣。他的屋子很暗，白天也要點上燈，因爲他不願開啓那個糊了厚紙的小窗。

我相信這是人一輩子所能遇到的最晦澀的朋友。他寫出的這些字絕對無法讀懂，眞正是前言不搭後語。看著他在屋內走動、大聲宣講的情形，很快就會明白他有多麼激動。一般人絕不會有這麼多的激動，堅持這麼多年。我無法不欽敬他，他一下就吸引了我。

在閃跳的長長燈苗下，他那張生滿了粉刺的疙疙瘩瘩的臉太嚴肅了。看不出年齡，他特別蒼老又特別年輕。他告訴我：他做過鞋匠、老師、吹鼓手和泥瓦匠……他說自己從剛學會走路就開始了寫字。沒有幾個行當能讓他做得長久，不是別人不喜歡他，而是他自己厭倦了：「我覺得不新鮮了」。他嘆息一聲，突然睜大了貓一樣的眼睛看我。

但他從不詢問別人，也不問來由與身世，他相信人能走到一起，都是必然的。「友誼這東西，像節節草一樣，有宿根呀。」他這樣概括。

我惟獨能忍受他製造的喧譁，一直在傾聽。白天就在喧譁中度過，夜晚來臨才雙雙安靜。他走入了疲憊，坐下，倚在一摞被子上讀起了自己寫的東西。令我奇怪的是，他、歪歪、小雪，還有我自己，我們相互有多麼不同，可是我們讀的時候卻是同樣低緩的聲音。這聲音像在撫摸夜色裡的什麼，讓人感到幸福。我想，當我處於最困難的時刻，我一定要請人在一旁這樣讀，以幫我戰勝困厄（實際上我後來眞的這樣做了，每每奏效）。

他讀時，比我親自看要好懂。這又與歪歪一樣。我閉上眼睛傾聽，讓柔細體貼的語調牽上我。這就能走出迷谷。我聽懂了，他又是一個善良多情的人。他非常多情，他太多情了。我聽到這兒，一下睜開了眼睛。

他滿臉紅漲，已經被自己寫下的字進一步激發，不能支持了。他身上抖得很厲害，但繼續讀下去。

天哪，他擁有如此之多的情，他該是個「情豪」了。

你這「情豪」啊，我眞喜歡你。

這個夜晚他像過去那樣，不再睡覺了。他從被子下找出一大疊寫滿了字的紙，攤滿整整一面大炕。我的手指到哪兒，他就讀到哪兒。紙堆裡有一團布，我展開一看，原來是一塊寫滿了字的土布。他馬上提著這塊土布念起來，原來是最爲動人的一篇。他在寫全鎭最令人崇敬的一位大娘，他與她的友誼、她的死亡。他只讀了一半就哭了。

這樣直到東方發白。他的嘴唇有些發紫。

隨著太陽的升起他進一步激動。面對著窗戶，他又開始說個不停。眞正的飢餓來臨了，他彎腰到灶上尋東西吃。我急忙把挎包裡剩下的一半鍋餅給他。他咀嚼得很細，細細地品味。

第二夜我開始讀。他只聽了一小會兒，就伸出雙手抓住了我，用力地抓，彷彿要把我提離地面。我用力往下墜，他才鬆開了我。我接著讀。他的頭顱拱在兩膝間，一動不動。我以爲他睡著了，就停止了。誰知他馬上指著我喝道：快讀。

我漸漸沉浸到自己的聲音裡了。這是無頭無尾的敘說，是截取了長河的一段。我像沉醉在盛夏散發著糕餅氣的麥浪裡，隨它波動搖晃。我這時是無法停息的。

他緊緊捉住了我的手，生硬地打斷了我，語氣急促：「你啊，你別走啊，你爲什麼就不能在這兒住下？你啊，你知道你是什麼人啊，你肯定不知道。我，哦哦我，我從來沒有聽到……這樣的人。我，哦哦我！」

我抬頭看著他額上的橫紋，突然記起了什麼。我發問：你聽說過「作家」嗎？

他茫然搖頭：沒聽說，從來沒聽說。

我察覺這是個多餘的話題。接下去他又一次懇求我留下，以便天天切磋、天天寫讀。這正是我所熱望的，但我卻有些害怕，說不出的害怕。

我住在了廂房裡。靠大炕的邊角，我鋪開自己的被窩。他做夜班時白天回來。可是他幾乎從不休息，不是宣講、背書，就是緩緩地念。

我覺得我要病了。我必須離去了。臨走，我給他留下了十張紙和一張字條，告訴他：過一段，我必要回來。

七

早晨，常常是天色未明我就在想：十多年來我何曾有過如此艱辛的跋涉，又何曾有過如此的歡欣。眞正的歡欣，誰也不能贈與的歡欣，裡裡外外的歡欣。夜裡餓得輾轉反側，可還是歡欣。常回想這些人：旅途上的人，山裡的人。那個最初給我一疊馬糞紙和幾個糠窩的老媽媽，還有歪歪、疙娃、大輿……他們身上都凝聚著我所不解的歡樂。這濃稠得化也化不開，該讓小雪來分享（你還在那個茅屋裡嗎？讓人想念牽掛……）。

我多次生出回返的念頭，又多次抑下。我還未找到什麼。我要找什麼？我問自己，問冥冥中的媽媽。我清楚地看到了媽媽那雙大眼睛。我問媽媽，媽媽只說好孩子，你的路還長著呢。

就這樣，我後來的幾十年中，有時像找，有時像逃。我只有遏制想念，無邊無際和形形色色的想念。我把它們裝在心中。我試著給小雪寫過幾封長長的信。可能由於住地不固定，所以從未收到她的回信（只是在很久以後，在我終於又重新見到她的那一天，我才知道她從來就沒有收到我一個字。爲什麼？不知道。發生什麼事都不該吃驚。世上的事兒就是這樣，我已經習慣了）。

我有時會搞到一點錢，那都是拚命做活掙來的。我把它們派了極好的、必然的用場。我曾準備積一點錢送給那個土屋裡的老媽媽，可是終未能成。我只有很少一點錢，而且總是很快花掉。

在深夜，我得用力去忘掉一個人。因爲那個碼頭旁的水泥平台，叢林中抖動的樹葉，那輛輪椅撥動的粼粼聲，輪椅從海中撈上時掛滿了水珠——這一切像夢一樣說來就來。

冬天的山路、石頭房子、冰涼的炕，還有打雷似的山風，讓人十幾年後回想起來還怕。

大雪旋在彎路上有幾尺厚，人陷進去要爬半天。夜裡右胯骨又痛了，又發出折磨人的聲音了（它終於給我留下麻煩，而且隨著年紀的增大，麻煩也在變大。最麻煩的時候，有人喊我「拐子」）。

這期間我還是不停地寫。與那些前前後後遇到的寫手們不同，我心裡裝著小雪老師的那個預言。一想起它我就肅然起敬。它像我自己的祕密似的，像心裡的炭火。我不斷在心中溫習那個讓小雪老師終生崇敬的老人的形象，在夢中撫摸老人青筋凸露的大手。這手操勞了一生，卻沒有養活他。老人死了，小雪老師難受得離開了城市。人總是特別難過才離開，我也是。

只有安靜的、不太冷的冬夜，我才會想起繼父：一個沉重的身軀在那間空蕩蕩的屋子裡活動，咚一聲倒下。多沉重的身體啊。

這期間我多次變動住處，但從沒忘記去找歪歪和疙娃。那些夜晚的讀與寫，是我們抵擋孤單和寒冷的良方。我後來發現，他們的屋子恰是大山裡最冷的地方，只不過早被我們忽略了。他們都忘了備下更多的燒柴，因爲他們自己發熱——我無意中觸到了他們的身體，發覺極熱。他們常在大冷天裡出汗。

除了他們，後來我還找到了新的朋友。這或是巧遇，或是相互引見，或是其他說不清的緣故。反正屈指算來，我十幾年裡竟結識了許多許多人。

我從山地走入南部平原，並穿越了幾座不大的城市——它們有的比我又憎又愛的那個港城還要小。我幾乎做過各種各樣的苦工。我被騙過，還遇到過幾個邪怪的人。那些城市的曲折小巷、窄街，坐在悶熱石頭上的男人，嘻皮笑臉地看著過路的青年。那時我認爲自己已經長大，算個青年了；我很厭惡那些動不動就套近乎、伸手摸來摸去的男人。有一次我甚至動手打了一個遠比我大的人的耳光。我雙腳皸裂，怒火中燒，怎忍得下這種欺辱。我打了他，他也沒有什麼反抗。

我在接近人心的奧祕。比如人怎樣熱愛了寫作，不停地畫下一些痕跡。他們只是爲寫而寫，並不希求什麼，不爲榮譽，更不爲金錢。有人病得快死了，還是要抓起筆。有人胖得虛喘，大熱天上氣不接下氣，還是要寫。有一個老人七十多歲了，還在寫厚厚的大書，而他只是一個住在窮鄉僻壤裡的無名老人。男的、女的、老人、小孩，只要染上了這樣的「毛病」，就再也不會痊癒。

寫是快樂的，有時也累，直到把人累死——我就看到過累死的人。還有人直寫到媳婦逃跑，兄弟翻臉，父親把他趕出家門，長輩用棍子狠打……

我總是不知不覺地走近他們。有時是無意中聽人說起，而有時純粹是巧遇。彷彿這些人是一些特別者，他們靠一種無測的電波、磁場和氣息來互爲吸引。眞的，他們之間眞像有一條祕密通道。

比如說那一次疙娃在大聲宣講時，無意間說了句：「這多麼像她呀，這多麼像『大胖』啊！」我就知道了一個「大胖」的姑娘。不過我眞正結識她時，已是兩年以後的事了。

大胖住在一個與口子鎮差不多的地方。當時她有十八九歲，比我大。主要是個子大，很胖。她的父親在外地做工，只有她和母親在家。這是我那些年所遇到的最富裕的人家。她們都特別喜歡新鮮的外地人，有時不分青紅皀白。有一年一個不乾淨的流浪漢在她們家吃飽喝足，半夜又偷走了一個大包裹。不過她們從不後悔。她們的一句口頭禪就是：遠道來的是客。

我也是一個流浪漢，但我絕不會做讓她們吃驚的事。我是爲心中的熱望而來，只惦念著她在怎樣寫、不停地寫。

她的母親跟我叫「孩子」，說：「你這孩子！」她說自己至爲遺憾的就是沒生一個男孩。她動我的手、頭髮，大胖在一旁微笑。她眞胖，肩膀又厚又圓，大大的臉盤上有大大的眼睛。她穿了花衣服，很紅的花，漂亮到炫目。她看我一眼低下頭，又看一眼。「頭髮多麼黑啊，是最黑的頭髮了。」她看著媽媽動我的頭髮就說。她媽媽說，「大胖喜歡你。別人，她才不誇。」

夜晚她關了門寫。她寫了一夜，一邊寫一邊哭，第二天眼睛腫了。她媽媽說：「她就這樣，不哭不能寫。」我以為那一定是在寫很悲痛的事，誰知後來看了才知道，她不過是記敘我的到來、她們全家的歡迎、她自己的愉快心情，等等。

她是我遇到的惟一一個邊寫邊哭的人。

但是她寫得好懂而且動人。我明白了，她正被自己時時刻刻所感動，所以就不停地哭。她有那麼多珍貴的眼淚，而我就沒有。她寫的東西讓我看得入迷，作為回報，我把自己寫的給她。她於是看了一些很不愉快的、與自己平時所寫的大不相同的故事——這都是我不由自主間寫出來的——可是她看著看著笑了。她反而笑。

她媽媽說：大胖從小就願意寫，老師鼓勵她，她就更加起勁。後來鎮上辦了個「寫作學習班」，她就去了，認識了許多人。打那兒起，她每個「學習班」都去，「如今又快了，」她媽媽問：「你去不去？」

我趕緊搖頭。我驚訝的是還有這種「學習班」。我馬上想到了我逃離那所學校、那個胖老師……我真不願離開，因為這兒非常溫暖，炕的四周還貼了花紙。每一餐飯都那麼豐盛，有芋頭、山藥，有時還有魚，有白餅。夜裡，大胖的媽媽就坐在我的身邊。她一動不動地坐一會兒再走開。有一兩次她摸了我的頭髮，還撩開被子，捏了捏我的腳趾。我眞想哭。我想起了媽媽。

由於大胖參加「學習班」去了，我才不得不走開。

直到過了一年多，我再一次路過這個鎮子時，才邁進這個門，令我吃驚的是大胖沒有了，她結婚了。她媽媽告訴：女婿是一個做報紙的，他喜歡寫字的人，見了她就說，走。她的話讓我一直不忘。多麼簡單哪，「走」，就領走了。這是我常常感到費解的事情。這費解，在我後來長大了，特別需要愛情的時候，就不斷地琢磨起來。

我再見到大胖就難了。但後來還是見到了她。她比過去胖了一倍，但也更加好看。她只是笑。我覺得她十分幸福地過了一年。她把新寫出的一疊紙交給我，我讀了卻大失所望。我問：現在還是一邊寫一邊哭嗎？她搖頭，說他不讓這樣，他說這樣「不利」。

這次見大胖有兩大收穫：一是她贈給我二十多張方格稿紙——這是我第一次見到這樣形式的、極其精美的紙；二是她告訴我一個信息，說在離這兒很遠的一個小村裡，有一個七十多歲的老人，正在寫三本厚厚的大書，叫【三部曲】。

這也是我生來第一次聽說，書也可以叫成「曲」。

八

認識那位老人原來是如此重要的一件事。這在以後竟引起了我生活中的重大改變。當然這是後來，是五六年以後的事兒了。

老人住在靠河的一個小村子裡。村裡識字人不少，但識字最多的還是這位老人，所以村裡人習慣叫他「先生」。關於先生的傳說很多，大多是有關識字方面的。傳說某某大幹部路過此地，傲横不可一世，而村裡招待他吃飯時，讓作陪的先生用一個字難住了——那是先生手蘸茶水寫在桌子上的，碗口那麼大。那個大官臉色由紅變黃，直看得大汗淋漓。當年躬逢其盛的已沒剩下幾個了，只是言傳得有鼻子有眼。還傳說先生家裡有一塊方磚大小的老字典，他能將其倒背如流。

先生原來只是村裡的會計，後來年紀漸大，脾氣也大了。有一年春天，是個早晨，先生從炕上爬起，對老伴吵一句：我要寫書。從這天起他就伏在一張大紅漆方桌上寫個不停了，日積月累，如今已有厚厚的幾大摞，用紅繩捆了。

所有人都對先生的突發行爲感到震驚，但卻沒有一個人懷疑他會成功。村裡人認爲他眼下做的是大事，也是輕而易舉的事。另有人指出先生是受了某下放的城裡人影響，說那人在城裡編過書。更多的人不以爲然，說那個人識的字比先生少多了。

我帶著驚懼的心情叩門。迎接我的是一位和善的白鬚老人。他七十五歲了，十分健康，一輩子都生活在小河邊。他的書就以這條小河的變遷爲線索，如同記賬那樣，從懂事起直記到現在；而且還要往下記。他捧出三大摞，讓我看得喉頭發燙。這書是寫在賬本上的，所以不用裝訂，整齊如一。

一連幾天我都在看。好懂。那是事無巨細的記錄，偶有老人的議論。議論的語氣就像平時說話，而且態度明確，直率，比如：「這樣不行。」「我不同意。」再如：「我又不怕你。」我特別喜歡這些議論。

先生的一筆一畫，寫得顯然規整好看，是鋼筆繁體字。有許多字寫得並不規範，而他說這樣寫才是「眞正對的」。他認爲現在的國家哪裡都好，就是在寫字上不打長譜，「把字都寫壞了呀！」他痛心疾首地嘆息。

與別人不同的是，他一直對我的來歷問得很細。這使我不安。我的不言不語反而激發了他的更大好奇。我把自己說成一個專門尋友的學生。這是我第一次在迫不得已地編造。我很難過。

我把很少幾張字紙交給老人。他卻洗了手，戴了老花鏡，沏一杯茶，細細看來。我一聲不吭等待。突然他猛地一拍膝蓋，我身上一震。但他頭也不抬，繼續看下去。

「眞乃奇文也！」

老人摘下眼鏡，揉著眼睛高聲讚曰。他泛光的眼神看著我。我得說，我那種巨大的興奮和快感是極少出現過的。我的臉如烙鐵般燙。我期待著老人再說下去。

但他馬上頹喪地低下頭：「不過，實打實地說吧，孩子，我也看不明白哩。再說你的字頭太小太小……」

我心中的熱度開始降下來了，但我的呼吸還是發緊。

先生捋著長鬚話起當年：「這人世間就是有些個人才呀！那一年上來了個城裡青年，黑框眼鏡，斯斯文文。他下放了，身上有罪過。我偏敬重。他好詩文，好詩文。這會兒又回省城了。你這些書讓他看看，準懂。我跟你說，你的書得經他了……」

我從未認爲這些紙片是「書」。但我很長時間都記住了他的建議。後來他大筆一揮寫了一封信，讓我直接去省城找那個人。

這就是拜訪先生的全部經過（他的信在我身上揣了許多年，直到派上用場的那一天——當然這已是很久以後的事了）。

第八部

夜深人靜，炭火濺著美麗的星星，他吸著菸斗，看著窗外吟哦。

我快速地記下，發現這是一首哀婉的詩。我從未寫過詩，也很少讀過。

我敢說我那一瞬間也有了一個決定：我必將成爲一個詩人——

一

大概因爲懷中揣了老人那封信的緣故，我正自覺不自覺地走向西部——省城的方向。我看過地圖，那兒離這片常年徘徊的山地非常遙遠。它被我想像成一個擁擠的、街巷繁密如同蜂巢蛛網的地方。我對它多少有些恐懼，可是老人的指引，還有小雪老師的預言，都在催促我。我像一個巨石夾縫中的游魚：又扁又小，來回游動。

我不得不說，在我生命的頭二十五年的後半截，是養活自己最困難的日子。我不得不從一個村莊到另一個村莊，從一個城市到另一個城市。而我每挨近了城市都小心謹慎，不得不住在城郊。除非爲了買書要飛快地進一次城，其餘時間總是繞行。我對它的恐懼和厭惡是從小養成的——只要逃出城去就會獲得一次歡樂。那是銘心刻骨的歡樂啊。現在我不得不向省城跋涉了，但這更像是一次小心謹慎的迂迴。

我在前生好像匆匆走過這條路。因爲我偶爾駐足，就會發現似曾相識的景物。我在心裡膽怯地告訴自己：這兒我從前來過呀。

可是叫不出該地的名稱，也不知接下去還要經歷什麼，走向哪裡。我發現頷上生出鬍鬚了，還有凸起的喉結、變粗的嗓音。身體這些變化伴隨著許多思念催逼我。我不願屈服，不能甘心，一路上沒完沒了地回想和設問：怎樣走下去？最後又要怎樣？如果「後來」是明確的，那麼眼前就應該與其連接。這條長路啊，我既要找事情做，又要接受陌生人的盤問和糾纏。在忍受誤解和委屈之時，我眞想奮力一縱，把阻礙我的一切都撞穿、撞個粉碎。

路上常有人讓我證明自己是個清白無害的流浪漢，甚至不止一次掠去那些心愛的紙片。我每逢這時就軟下來，軟得可憐，爲了討回我的珍愛。

就這樣往前走，很慢，很曲折。說不定什麼時候遇到一個棲身之地，也說不定什麼時候就遇到一個奇蹟。我的歇息之地啊，我的驛站啊。

二

我旅途上最喜歡的一件事就是「趕集」。只要遇到熙熙攘攘的人流，那就一定是逢上了集日。集日是無測的，除非你是一個當地人。由於村鎮街區的規模不一，集日間隔的時間也不一，所以過路的外地人總會突兀地遇到熱鬧非凡的集市。有時前一天從村頭的大沙河灘上路過，滿眼還是焦乾的河沙，第二天再過河灘，已擺滿了各種貨物，人聲鼎沸了。那個海港城市裡永遠也沒有這麼誘人的集市。而在我的經驗中，鄉村遠野的集市遠遠勝過大小城市的集市。

集市像迷宮一樣，要想看到它的全貌而不迷路，就先得找到入口。從入口進，順著它的延伸、分岔、回環和匯攏，悠悠蕩蕩地走，或推推搡搡地走。與陌生人的男女老少一起不輕不重地擠，十分快樂。這時很少有人發火。大家都是出來散心的，不全是爲買賣（人心就是這樣，需要按時出來散）。

我串過了無數集市，漸漸得知了它的奧妙。無論走到哪個集市，我可以不出一點差錯地儘快找到想去的地攤。有一些物品和一些人物，是專門出現在特定地方的。這些都沒有規定，但卻有個大致的約定，各地都一樣。比如糧食市，一般和布匹市相挨；而鐵匠的開爐攤子，也必定是離賣棉花糖的不遠——那兒大半是集市盡頭。最難找的是賣零星雜物的攤子，因爲它們往往分屬於不同的地段、歸在不同的物品大類中。比如老鼠藥和鐵夾、蘿蔔擦板、蒜臼子、小鐵哨子和雞眼刀、挖耳勺之類，要買非得串個半天、擠個滿頭是汗不可。它們有，只不過藏在不爲人知的某個角落。

一般的集市所沒有的場景，就是「野台戲」和「鬥爭會」。這兩種場景都需要更多的人在一塊兒才行，因爲要搞一台戲、一個批鬥會總是頗費功夫，使費也大，所以非得大集市不行。野台戲使我著迷，鬥爭會則讓我驚懼。野台戲上形形色色的古今人物，或嬌艷得無以形容，或醜陋得令人掩目。我永遠也搞不明白什麼人，如何弄出這麼多色彩斑斕的東西，他們在一個臨時搭起的簡陋台子上扭動、叫喊，來來回回地走，吵鬥打鬧，講述著奇特的故事。有時只留下模糊的、然而是有趣的印象，忘不掉也說不清。我有時看過的戲名、情節，什麼都忘掉了，但就是記住了戲中某個人物的眼神。

鬥爭會是聲色俱厲的。它四周像降了霜，乾冷乾冷。沒有人說話，只能乖乖地看和聽，有時還要隨上呼口號。台上有武裝，他們扛著槍——我一看到它就想起繼父，想起那擺了不同槍枝的支架、槍筒上的棉花。會場四周有時架了帶圓盤的機槍（我總是被它美妙的結構所吸引，盯著它，忘了這也是吞噬性命的凶器）。被批鬥者都是很落魄的人，老老少少，男男女女。他們有時被五花大綁，有時只是垂首站立、彎腰低頭。他們都是敵人，很壞的敵人，這一點我當時並未懷疑。不過我看到他們被狠狠地折腰、呵斥，常要想到輪椅上的永立。這使我趕緊擠著人空溜走。有一次被批鬥的人是一個戴眼鏡的高個子，他給扶上了桌子。有人用一束舊報紙狠狠地抽他的臉，把眼鏡抽掉了。他最後是被掀下桌子的，口鼻流血……

這個恐怖的場景讓我心驚肉跳。那一束打人的紙，那一張沉默的臉。晚上我做了一個夢，夢中，高個子男人的面孔浮現出來，竟是我的生父。我哭了。我一直清楚地記得那個夢：有人惡狠狠地指著一張紙上的字讓他看；他不看，他們就用這束紙狠狠抽他的臉。同樣的場景重複了多次，父親倒地不起了。我從夢中醒來又哭了許久。

那次之後，我再也不看鬥爭會了。

對我構成最大吸引的是「破爛市」。那兒當然賣一些「破爛」，不過遇到極有趣的東西。破爛市緊靠鐵器攤，在人行通路的兩邊，一般離離落落擺上四五十米。這短短的「破爛市」讓我流連忘返，非得一口氣看上一遍，然後再專注到最感興趣的攤位上。這兒應有盡有，有一些作夢也想不到的發現。比如一隻會蹦的銅虎、會叫的紙鳥、老式怪鐘、有三十八個小抽屜的木匣，等等。哪怕是窮鄉僻壞的集市，破爛市上也會有意想不到的發現。那兒出現一件精美絕倫的玩藝兒，千萬不要吃驚。

它使我入迷，很大程度上來自這樣的奇遇：攤子一角不聲不響地坐著一個老者或一個面色蒼白的小夥子，他們抄著手；眼前，是一卷和一疊舊紙、一本舊書或全新的書……

三

在這座城市的東郊，一個大霧剛剛消散的上午，我一眼看到了順著河灘漫流到街巷深處的人群。我在心裡說：集市！一種尋覓的歡欣立刻漾起，腳步馬上加快了。

這是省城東部一座城市的邊緣，它的郊區集市匯聚了周圍城鄉的全部熱鬧。趕集的人都是各種各樣的裝束，這就與一般鄉村集市不同。看著那些戴高筒毛皮帽的、呢料大氅的人，還有戴退役飛行員小帽的人，讓人想到這裡除了沒有外國人，簡直什麼都有了。河灘上有賣牛馬的，各種大馬大牛拴在木樁上，脊背在陽光下滲油，讓人興奮。它們都是這方土地上滋生出的生命啊，何等強大旺盛，這就是生活中的奇蹟。賣油炸食品的鍋子就在牲口市旁邊，一溜排開的沸騰油鍋把逼人的香氣揚個遍野。我總想：這兒的沖天喧鬧有一半兒也是這香氣催發出來的。

我對這一切已經非常熟悉。我急於尋找的只是書攤，因為它每一次都不會使我失望——或者是取在手中裝入衣兜，或者是印在眼中裝在心中。我身上那點可憐的錢幣總是急於在這兒派上用場。

破爛市在整個集市上比較起來是最寂寞的了。一片片舊布和荐子上，擺放著那些零散東西。賣主專注地盯著每一個光顧者，對他們寄託著微薄的希望。我蹲在那兒，長久地看著一隻上了發條的會蹦、會展動雙翅的彩色絨鳥。後來，背後另一面攤子上有人大聲地、不顧一切地咳嗽起來。我轉過臉，馬上看到了一個方頭方腦、兩眼炯炯有神的中年人。他的目光立刻攫住了我。我蹲在了他的寶貝面前：幾本書，半新，一卷破舊的對聯。

我翻這幾本書。它們都是剛出版一二年的書，但被人反覆看過了。最有趣的是空白處打了許多批語。這些批語都是用一枝老式鋼筆蘸了濃墨用力寫上的，用語大致一樣，極簡單：「這寫了些什麼，不實現。」「不實現。」「根本就不實現。」我在每一條批語前研究了一番，最後認爲「不實現」可能是「不現實」的誤寫。

中年人看著我，朗聲答道：「我批的。」

他耳大口闊，額頭也很大。他的臉色紅潤得像喝了酒。我又一遍遍看那批語，感覺著意思，他批寫那一刻的心情。

「現在沒有好書哇！」他又朗朗一聲，「這些不實現的書，我看過就賣。」

他糟蹋這些要賣的書，何等直率。我把衣兜中所有的零錢全掏出來，他接過，用食指撥了撥，溜進了兜裡。我把書裝好站起，他卻伸出一隻大手：「交個朋友吧！」

他用力聳動了幾下。這時他的眼睛卻看到了我挎包縫隙中露出的其他幾本書，嚷著：「看一看看一看。」

我不會賣它們的。

他只是說「看一看」。它們給掏了出來。他馬上蹲著看起來，一頁頁看得飛快，一邊看一邊念出聲音，得意地哼，或生氣地叫「媽呀，什麼話呀，這眞氣人呀」，「我看出來了，這還是不實現哪！」

只一會兒他就翻完了一本書。但他沒有還我，而是抱著它，坐在了潮濕的泥地上，像睡著了一般。

我不便打擾。我只是等待。

又待了一會兒他才睜開眼，非常疲倦，說話的聲音也低緩多了，好像力氣全失掉了：「我看出來了，你也是個讀書人。我家裡的書多著哩——走，不幹了，收攤了！」

他把地上的舊布一捲，呻吟了一聲；搓搓手，又是呻吟。

我覺得這呻吟有些奇怪。

他懶懶地抬起手臂往西北角指了指：「不遠哇，就那幢青磚大屋。」

跟著他往前。爲了避開人群，他領我繞過街道，進入更窄的無人小巷。他一邊走一邊爽爽快快地介紹自己：「閒人，愛看些書；不過我知道，世上的書不少，不實現的居多。」

一個很大的疑團從看批語起就緊緊塞住了我。但我最重要的，還是他那個隱隱約約的藏寶之地。

在很大的一片村落邊緣，有一幢寬寬敞敞的磚屋。進了屋子，光線很暗，因爲窗戶全用破布和紙板擋起，以至於待了一段時間才看得清屋內的東西。空空蕩蕩，幾乎沒有什麼像樣的家具。我們進了西間，這兒主要是一座大炕。他把手裡的東西一放，立即脫鞋上炕，同時邀我。他盤腿坐了，反身抱下一床藍被子，從被子下邊的木箱中抱出一大摞書。

他正一本一本在炕上擺，東間屋裡走來一個三十多歲的女人。圓臉，額頭鼓鼓，一雙水靈靈的眼睛。她探頭想看看我們，他趕緊揚手，像趕一隻鳥：「走去走去，遠些待著去吧！」她身上一縮退開了。

他說：「我老婆。比我好看些。她崇拜我，崇拜得很厲害啊。」

四

他的名字叫「賢人」，但他自我介紹說，這兒的人都叫他「閒人」。他讀過了許多書，但沒有找到一本「實現」的書，爲此他很苦惱。他對人對事，對一切，熱情很高，但跟大多數人都談不來。他說自己比誰都孤單，只得「從書裡找找心情」——沒有辦法，找也找不到。他攤著兩手：「多麼怪啊，找不到。」

他話語很多。後來我終於鼓起勇氣，問什麼是「不實現」？

「這還不明白嗎？你翻開一本書，打開一看就知道它能不能變成眞的，能，就『實現』了，不能，就是『不實現』。」

我恍然大悟，但不能同意。我只對他評判書的奇特標準感到新鮮。我第一次遇到這樣的人。我想到了自己不停地寫出的那些字和句子，它們也許永遠不能實現，因爲它們是我的夢境。它們還是我封存的歡笑，強抑的淚水。我撫摸著他擺下的這一片同樣被批爲「不實現」的書，充滿了珍愛之情。這些書各種各樣，有一些顯然是從遙遠之地傳來的。它們像水流一樣吸引著雙唇渴裂的人。很久了，從離開那座城市之後，我就再也沒有看到這麼多書。

我有錢一定把它們全買下來；如果旅途難攜，我就將其存在一個地方——當我有了固定的居所，我會立刻取回。那樣我將擁有許多的書了。

我端起書，漸漸把什麼都忘了。他輕手輕腳退開，到東間屋裡咕咕噥噥。天快黑了，完全黑了，屋裡點起燈了。這時有一隻手在搖晃我。他說：「吃飯吧，小花弄好了。」

中間屋裡一張原木桌，上面一個大瓷盤，盛了一張很大的棕色麵餅。小花——他老婆，笑吟吟地用一把大刀將其割成三塊，每人一塊，這餅還燙人呢，咬一口噴香，原來是用紅薯葉兒摻了高粱粉和紅薯粉，可能還有一點麵粉做成的（這是我在旅途上所吃到的又一種難忘的美食——許多年後如法炮製，卻換來了眞正的苦味）。

「我疼書蟲。」閒人指著我對小花說。

小花長得非常小，除了很圓的肩膀之外，到處都像個女孩，動作特別像。她咬餅、笑，都露出豁牙，讓人想起兒童。這時她小聲重複一遍男人的話：「書蟲」。賢人卻嚴肅地對她說：「告訴你一句啊！我這樣叫行，你這樣叫，不行。」小花低頭咬餅，點頭：「嗯。」

晚飯後他有點驚慌失措，起碼也是不安；他不斷地搓手，愈搓愈快。他看看小花，小花躲閃著他的目光。後來他在屋裡踱步，緊走慢走，最後跳上炕，把書收了。他對小花喊：「我要說出來了啊！」小花膽怯地躲閃，一邊躲一邊喊：「這可是你自己說出的啊，這次可是你自己啊！」

他又一次搓手，然後離我耳朵很近說：「我也是個寫書的人呢！不過我可不寫不實現的書，這話只跟你說。」

這太出乎我的預料。正在驚訝的時候，他突然指著我的臉嚷：「看看臉紅了臉紅了。不要緊，我們是朋友了——朋友就無話不談。」

我爲什麼臉紅？這可能是眞的。我可能爲這次巧遇而感激，感激那些在暗中推動和幫助我的什麼（我那時像現在一樣，對生活有一點神祕感。因爲這是媽媽無形中教我的，她在世時常常感嘆世事，說命裡該是這樣啊，等等。反正我對一些不能理解的事，總是習慣於那樣去想。這也許錯了，但我仍感激生活中那些莫名的恩惠）。

他像一隻大刺蝟那樣在炕上不停地活動，從被子下的木箱中、從炕下的什麼地方，一口氣抱出十幾捆寫滿了字的紙。我還來不及驚嘆，他就把它們逐一推到了面前。

我在這巨大的勞作面前一聲不吭。我的目光又挪到他的臉上，發現這是一張激動的、帶著歉意的臉。我馬上捧起一本，往油燈前挪了挪。我急於得知他會怎樣在紙上訴說。

我看到了什麼？我這輩子也沒法忘記當時那種感覺。那說不上是新奇惋惜還是特異的痛苦，反正從未見過的文句讓我目瞪口呆。所有句子都是當地土語，都是。這裡有一半多無論如何是無法理解的。

它們寫在頂棚紙的反面，一本一本用黑線釘起。

我開始對在眼前看，後來時間久了，加上本子又重，兩手就鬆下來。我不停地揉眼。我被這特異的字句、這超乎尋常的勞作，在短時間內給打懵了。

他急著問：「過癮不過癮？它們全都能實現哪！你說是不是？」

我來不及回答。因爲他馬上奪過了我手中的本子讀起來。一出聲音，小花也圍過來。這次他沒有趕她，只沉浸到自己的聲音裡去了。我閉上了眼睛，又聽到了那種流動的溫暖的溪水：低緩、起伏，娓娓動人。儘管仍然有許多意思不夠明白，可是這聲音是絕對友善和動人的。

半夜了，接近又一個黎明了，他都在讀。

在我情不自禁的嘆息中，他不能抑止地激動，跳起來，到東間屋裡又抱出了十幾捆寫成的東西。它們與前邊取出的堆在一起，堆成了一座小山。

我真是看呆了。我嚇得怦怦心跳（我得說，這是我一生中所看到的最大數量的寫作。無論是後來在省城還是其他地方，我從未見過比他寫得更多的人。即便是後來進了省城圖書館，看到那些大師們立在書架上的煌煌文集，我也得說，我所看到的那個山地人，僅從數量上而言也是最多的）。

這一次經歷對我肯定是重要的。

天快亮了，我們才略有疲憊地躺下，小花被攆到東間屋了。我們倆合蓋一床厚硬的藍被子。入睡前他帶著傳經送寶的口氣對我說：

「記住，要想寫得多、好，就得找個聽話的老婆。那樣想怎麼寫就怎麼寫了，天天寫。要不就壞了，她會老喊你：『幹活幹活』，一輩子也就完了……」

五

這兒的所見所聞是我終生難忘的。我受到的震動既特別又沉重。因爲我的費解之處太多了。我不理解一個人何以有那麼大的勞動力，眞的，這個問題長久地困擾了我。這使我在任何時候面對自己的勞作時，都感到藐小羞愧。我明白，他把所有時間都用來寫字了。他曾給我看右手中指上的繭子：又硬又大，而且被削過——他每隔半年就要削隆起的繭塊，不然就無法握筆。

我在這幢空蕩蕩的大磚屋子中住了多天，後來他竟害怕我離去，忍不住的時候，我羞澀地呈上挎包中的文字。他一遍又一遍看同一篇。有時一手持紙，將其推得很遠；一會兒又極近地貼上去，像是在嗅。他發出長長的一聲「呔」，放下了：「好是好哇，可惜不是實現。」（這樣的評價早有預料。我讓他看，只是一種回報。我從心裡欽敬他的勞動，卻從未苟同過他關於「實現」的說法。）

我終要離去，去我模糊而遙遠的地方。當這一天來臨時，這夫婦二人都顯得極爲沮喪。小花乞求的眼神看著男人，那雙大眼睛浮了一層螢光。男人煩躁地呵斥她：「我怎麼辦！我怎麼辦！」

這樣又過了兩天。第三天一早，他一腳把厚被子蹬開，伸著懶腰說：「走就走吧，我也要去看一個朋友，說不定順路呢——你想不想看一個『神童』呀？」

他說到那兩個關鍵的字眼，聲音壓得快要聽不見了。我的目光可能流露出一點驚異和猶豫，使他憤怒地擊打膝蓋：「這可是眞的，這是我發現的——我誰都沒有告訴，也沒有告訴孩子父母。眞的，他一開頭最好還是避開凡眼……」

我又一次被強烈地吸引了。

告別了小花，我們一起上路。走出巷子時，我回頭久久地望著這幢空曠的磚屋。他嘆息說：「你是個有良心的人哪！」

我們一直往西南走去，整整繞過了這座城市。一開始我認爲神童是在城裡，可他及時地提醒我：眞正的「神童」、「天才」，無一不是藏在無人知曉的蹊蹺地方。過了城區向北，踏上了田間小路。羊腸似的小路把我們引向一片茂密的紅麻田、一塊蘿蔔地，最後又是一望無際的灌木林。從林地旁邊繞過，一眼就看到了一個小小的村莊。

在村邊一個大得出奇的麥草垛子下，他讓我等待，說自己去領人。

僅過了半個多小時，我就聽到了從草垛另一邊傳來的拍手聲。開始我不明白，後來又是有節奏的幾聲擊掌。我轉過去，看到他高大的身軀一側，貼緊了一個十來歲的男孩。男孩身上懸了一個大得觸目的挎包，正用怯生生的目光打量我。

他迅速而簡單地爲我們作了介紹。男孩伸出手，我立刻覺得這是一次重要的會見。男孩長了一對與小花差不多的大眼睛，脖子似乎比一般人略長。我注意到他的頸上有濃重的絨毛，正在傍晚的太陽下發出金色的光。

他催促說時間不早了，讓男孩快掏出來。男孩把大挎包摘下翻找，使我看到裡面有課本和其他書，主要是小人書。男孩翻得太慢，賢人就替他捏出一疊。我要看，他卻堅持讓男孩自己讀。

稚嫩低沉的聲音，非常和緩。這聲音很快使我有些感動。我又想到了小雪。微風吹動麥草發出刷刷聲，閉上眼睛，彷彿是許多年前河邊茅屋的夜晚。我忘記了捕捉內容，後來才聽明白，他寫的是一隻蝴蝶，飛在水畔，「像紅旗飄帶……」我羨慕這種聯想。但由於其中夾雜了許多方言土語，這又立刻使其變得晦澀，與「飄帶」的想像也相去太遠。可是一邊的賢人卻陶醉了，評議說：「絕了。有些地方儘管不實現，有些地方多『耍公』！」（最後一句只有我才聽得明白，這完全因爲我們相處多天的緣故。「耍公」是當地的土語，相當於「漂亮」、「利落」的意思。）

「『耍公』啊！」他拍著手看我。

男孩使我想起了自己的當年。那條河離我已十分遙遠，可是我無法忘記。賢人指著我對男孩說：「服氣啊，他服氣了啊！」

男孩閃著那雙大眼睛，又一次伸出手來。這手柔軟得像棉花，沒有骨頭似的。這手小極了，小得像一隻貓掌。

六

告別了朋友，繼續往前。我路上仍回想那幢空蕩蕩的磚屋、那個大麥草垛子。我突然記起：那天「神童」除了讀自己寫的之外，竟沒有多說一句話。我也不記得自己說過什麼。我想他與我、小雪、永立，大概都有某種相似的東西，它們潛在心靈深處……多麼誘人的、可愛的人！在未來的一天，我會回來的。

我似乎正在走向省城。儘管我對那個繁華之地有揮之不去的恐懼，但我知道有一天自己終要生活在那裡——這是個奇怪的認識，是隱約之間的確信。爲了小雪老師那個預言，還有那封信的指引，我眞的在走向那個大城市。

冬天快要結束的挺好的日子裡，柳芽開始萌動。我來到一個山鎮，這兒離省會城市僅有二十華里（在我的旅途上，它離我眞是近在咫尺。可是當時我不知道，就是在這座山鎮中，我還要再待上五六年的時光，並經歷一生中最難忘的幾個季節）。

我想在進入省城之前積一點零錢，找個地方打工。山鎮有一個很大的粉絲作坊，允許外地人做雜工。我被指定在這裡抬水、扛澱粉坨等。有個粉匠師傅叫「韓哥」，三十多歲，高高的個子，方臉龐上有一對劍眉、一雙漆亮的眼睛。我覺得他是一個眞正的美男。作坊中的人都敬重他，作坊的頭兒也對他滿臉堆笑。他對外地人毫不歧視，總是照料弱小者做一些輕活。而作坊頭兒一貫把髒臭苦累的雜事推給我們。

僅僅是因爲韓哥的緣故，我在這個作坊才多待了一些日子。但最後使我長久駐足的原因，卻是另一個意外發現。

粉絲作坊中有幾塊很大的黑板，每月都要舉辦「板報」。半個牆壁被繪製得色彩斑爛，陽光下閃射五彩。我得說，我被它強烈地吸引了、黏住了。我無論是當時還是後來，都沒有見過比那兒更好的「板報」。而它的絢麗圖畫和辭章，都來自同一個人：韓哥。

我長時間注視他，認爲他無所不能，簡直有點神奇。

霧氣騰騰的作坊裡總是響著嘩嘩水聲。韓哥穿著高筒膠靴在水泥地上走來走去，有時霧氣掩住了他的身影。作坊女工大聲喊著：「韓哥」，他問幹什麼？女工就哈哈笑。女工在嚴肅方面不如男工。

韓哥住在一條僻巷中，那條僻巷在全鎮最高的地方。我記得第一次找他，是在一個黃昏。我順著上坡石板路走了許久。經人指點，我看到了兩扇沒有上漆的棕色木門。沒有鎖，門靜靜地虛掩。但這一次我端詳了許久，又在太陽落山之前悄然折回了。

與尋找疙娃和那個老人不同，我在走向韓哥時充滿了緊張。一種說不出的羞澀和自卑籠罩了我。這是極少有的。怕什麼？顧忌什麼？都說不清。這種情形極像第一次見小雪老師。是的，我甚至從他們兩人的舉止上也發現了愈來愈多的東西。我渴望走近他。

在這個作坊待了一個多月之後，我才第二次踏上那條石板路，叩響了那扇棕門。就像見到小雪老師的後半截一樣，我的敬畏顯得完全多餘了。他也有一雙溫熱的大手。他是我最喜歡接近和信賴的一種人，這一類人有一個共同的特徵，就是善良和誠懇。我馬上在他的目光中找到了兄長的慈悲。

漫漫旅途，千辛萬苦，終於找到了這樣一雙眼睛。接下去的日子裡我進一步明白，能夠結識他，真是生活給予我的最大一次恩惠。

他和藹地詢問，對我遲滯的話語並不厭煩。他像所有體貼入微的人一樣，馬上得知對方需要用緘默守住什麼（這是一種說不清的需要，是我少年稟賦之中最不好的一個方面，它曾無數次地折磨過我，但我還是一如既往。沒有幾個人願意尊重我的這個怪癖，從我的繼父開始。他們都在侵犯我，他們毫不客氣地剝奪了我，否定了我。我好像什麼權力也不配有，就因爲我弱小，我是個孤兒。所以只要是不剝奪我的、不歧視我的，我都認他爲親人）。

讓人如此感激和敬重的人，我心裡泛著千言萬語。進一步相識之後，更是這樣。可是我不長於口敘，在興奮和感動中也僅有隻言片語。我不得不更多地捧讀我寫出的那一切。我記得他的目光如何從驚訝到讚許，最後是一片徹底的喜悅。他握著一個大菸斗，發出長長的慨嘆。

美好的沉默啊，只有時鐘的滴答聲。這樣停了約莫有一刻鐘，他站起來走了一會兒，然後逕直走向裡屋。

一疊抄得整整齊齊的紙放在我的面前。是他寫的。我看到了寫成滿張的紙，還看到了排成一排的字，這是詩。僅有很少一部分印在了報刊上，就是說它們發表了。這是第一次看到一個站在面前的人有印出來的字。我忘卻一切地伏下身，想在這一刻把它們全讀完。

我相信自己讀到了最好的文字。只有那些曾經令我入迷的書籍才能與之相比。

七

春天剛剛開始，寒冷時不時地侵入山鎮。冷風從高地掠過，韓哥的三間空屋很涼。他在小院中埋了許多木炭，這使我一下想到小雪家過冬的火盆。

他把火盆燃旺了，擺在一個小桌托板上，這也和小雪家一樣。我們盤腿坐在小桌兩側。他的文字讓我把什麼都忘記了。它們有的在訴說一個故事，但更多的不是。像一個人在深夜裡長吟，哀傷到了極點。他懷念什麼，是個女人，又不是。也不完全是一個摯友。這與我在板報上看到的那些大不相同了。它讓我在悲憤中鼓脹著，我知道這是擺脫絕望的一種力量，是人最後的拚掙。

我有許多話想問他。夜深人靜，炭火濺著美麗的星星，他吸著菸斗，看著窗外吟哦。我快速地記下，發現這是一首哀婉的詩。我從未寫過詩，也很少讀過。我敢說我那一瞬間也有了一個決定：我必將成爲一個詩人——想到這裡不由得全身一悚。我想到了夢中那個消瘦的男人。「父親……」我心裡吐出一聲呼叫。

他仍舊吟哦。我有了永遠記錄不完的淒長的詩句。

韓哥幾乎沒有對我講過自己的身世。我所能看到的只是他這個人和字、他棲身的這三間小屋。院裡有一顆香椿樹，有春天剛播下菜籽的田畦。三間小屋清貧而潔淨，簡直一塵不染。東間屋是他的臥室和寫字的地方，中間是廚房和餐室，西間屋卻神聖地空著。那兒更空蕩、更潔淨，似乎總透出一種淡淡的菊香。他有時一個人在西間站一會兒。我隨他走進時，他就扯著我的手說：走吧，我們走吧。

他邀請我搬離打工的小屋，住到他的家裡。我在中間靠牆一點搭了個地鋪。他堅持自己睡地鋪，或者合住東間屋子。

從此就是朝夕相處。他跟作坊頭兒說，要我與他同時上下班，頭兒應允了。睡前，他總要講述我寫那些——五顏六色、密密麻麻，除我而外誰都讀不懂的字跡。他懂，因爲他的心腸太柔軟，目光太敏銳。比起他人，他專門同情我這樣的靈魂。他溫煦的話語直要讓人忍不住地流淚。眞的，在這些長夜，一個奇蹟發生了：我有一次突然覺得有熱辣辣的什麼順著臉頰流下來，伸手一摸，濕濕的。我忽地坐起來。

這是自從永立死去那個夏天至今，我第一次流下了長淚。

他被嚇了一跳，問我怎麼了？我擦眼睛，他看到了，再不詢問。

我眞的不記得他講過自己的故事。可是後來我還是知道了他的身世。當年他是全鎭第一個走出山區的中專學生，後來因爲父親去世，他要服侍老母，就辭學回家了。他酷愛寫作，儘管寫得不多，卻從未停止。在校時他與一個姑娘相愛，回家後，她也來過這兒。後來是分手，分手。我看出他現在仍舊愛她，愛到只剩下了一個人。

由此我明白了一個道理：世上有各種各樣的獨身者，有的並不是因爲缺少愛情，而是因爲愛情太深了。

韓哥的憂傷太長。與我不同，他既憂慮著身邊、也憂慮著遙遠。他爲山區無數的貧民哀痛，爲那些像父母一樣的人受苦。他懷念了所有以前熟悉的亡人，他們在鎮上，在四面八方。而所有這些痛和想，都讓我聯繫到那一次深愛。他愛她，一輩子無法忘記她。

一天深夜，在我們都沉默不語時，我突然坐起來，迎著他那雙在夜色中閃動的眼睛問了一句：你知道「作家」嗎？

韓哥點了點頭。

「你是『作家』嗎？」

韓哥直直地看我。

儘管是黑夜，我仍能看到他目光中的責備。他大概責備我在輕率地議論一下如此神聖的字眼。

我的臉滾燙滾燙，一聲不吭地躺下，再不言語。

八

深入的春天如此動人。那嘩嘩響的白楊葉，愈來愈綠的山影，都使人欣悅。韓哥房子東北邊的山豁口有一條懸溪，三尺寬，一直凝著，這會兒有聲音了。其實那銀白的鏈子也好看，可惜當時竟沒看到。

我感到這個小小院落就是我們的巢。爲了這巢，我跑了這麼久，從那座海邊城市一路忍飢挨餓、風餐露宿地追趕，原來爲這樣一個巢。一切都値得了。我簡直是在細細撫摸這剛剛獲得的幸福。兄長在這裡，這裡就是家了。

我用廢舊鐵絲做了一柄小齒耙，疏鬆小院的菜畦。我整了新的水道，把院牆邊滲流的涓滴引人，讓它滋潤香椿樹、剛剛長出的幾棵南瓜。

韓哥因我的到來而高興，他不像以往那樣一天到晚鎖眉了。有一天，就是白楊樹葉嘩嘩響的那個下午，他領我去看懸溪。它的響聲只有在深夜才聽得見，可是這一天它一直在響。我們發現沿它上行，四周全是花草。韓哥指認它們，一路找到了矢車菊、薄雪草、水蘇、馬齒莧和金盞草。它們或在形成蓓蕾，或在伸展枝葉；青茅和蓋草蓬蓬生長，從遠處看像一片綠毯。

一直往上攀登。一個不言的念頭就是尋它的源頭。想一想吧，這個懸溪實際上構成了整座山鎮的水源，而且是粉絲作坊的命脈——沒有它，一天到晚在水中流轉淘洗的粉絲就做不成了。

我們攀登得疲累而愉快。最高的那個山峰叫「鷹山」，韓哥說上面曾有很多鷹。可是現在一隻也沒有了。他相信溪流就從鷹山上滲出，一滴一滴匯成細流，無數細流又形成日夜不息的激流。

韓哥說在他更年輕的時候，遠離家鄉的日子，夜裡要想念這道溪流。多麼奇怪，總是想它。歸來的第一天就奔它而來。後來，她來了，他們就一起來。他們一塊兒飲用，很甜，很涼。那也是個春天，蓋草剛剛長出。

中午時分我們登上了山巔。四周的山變得又小又密。霧氣還沒散盡。山鎮就在山角下的薄氣中閃動。一片屋頂，多少故事。使人難以置信的是這個鎮子存在了幾千年，而且還將存在下去。

韓哥說他每年裡都要登幾次鷹山，那是最愉快和最不愉快的時候。他說有時想，自己會死在這鷹山之路上的。最後一句讓我震驚，抬頭看他，見他臉上是明朗的笑容。

大概找到了溪流的源頭。險些看不出，像無法詮釋的一個謎語。反正是濕濕的岩石、山隙，再後來有了水滴，很小很小的水滴……

從鷹山下來的第二天，粉絲坊發生了事故。發酵池出了毛病，這本來不是罕見的事兒，可是每次都要讓韓哥忙上幾個通宵。那些日子只有我一個人在家。事故不除，他吃住都要在作坊裡。

早上，到了我上班的時間。進了作坊一看，一切都恢復了正常，惟獨韓哥不見了。人說他犯了老病：暈厥，這會兒正躺在赤腳醫生那兒呢。我放下了東西，在作坊頭兒的驚呼聲裡跑了出去。

韓哥早甦醒過來。一張窄窄的小床上扔了膠布、針管之類的東西。他蜷在那兒，一隻大手無力地伸向我。我抱住了這隻手。

他的嘴唇青紫，臉色蠟黃。他另一隻手在小心地揩我的眼睛，一下一下揩。

九

在後來我們共同生活的五年時間裡，韓哥又犯過幾次暈厥。據說鎮子上的幾個人有同樣的病，躺一躺，打幾針吃點藥也就好了。我也誤以爲這和傷風感冒、繼父酒後臥床差不多。多麼蠢。那時我沒有想到，韓哥在鷹山頂上說的那句話意味著什麼。他自己可能對一個結局早有預料。這在當時也是無可挽回的。

他對我一天比一天更憐惜、更牽掛。在他眼裡，我比實際年齡好像更小，是一個不能走出他視野的孩子。有一天我提前下班，在屋裡待了一會兒，想出去走一走。我出門，先是去懸溪那兒轉了一會兒，又到北邊山谷那兒站了許久：一片在熱風中蕩漾的山草吸引著我。我目不轉睛地看，想起了那座城西北部的叢林和草地。天一點點黑了，背後的山鎮有了燈火。我怎麼也想不到，韓哥回到住處沒有看到我，就四處找起來。他找啊找啊，在鷹山四周轉了幾個小時，最後才在返回的半路看到了我。

那時四野沉靜，只有頭頂的星光。他牽住我的手，緊緊地握著。

這些年，我從不記得讀過比他所寫的更優美、更能打動人的辭章。我相信自己受到了一生中最優良的影響，最有力的牽引。我身上一定會帶有他的痕跡，直到最後。

令人難忘的是，他選出我的一篇東西，寄給了報刊上的一位朋友。我們於是一塊兒長長地期待。他說那個朋友是極好的人，無論怎麼都會有個消息（後來沒有，直到最後也沒有）。

面對他期待的目光，我差一點又說出小雪老師的預言。一種難言的羞慚和卑怯使我失去了機會。我不知該怎麼回報兄長的信賴，我時時想起都心痛。

回想一下，我因爲緘默而藏下的東西眞是太多了。我沒有好好講自己的故事，沒有講親愛的媽媽，還有其他。我從何而來、緣何而去，他都沒有再問。我因此而更加愛他，也感到了深深的歉意。他給了我一切：兄長的溫情，寫作的指導，還有一個巢、一個希望。

我浪濤一樣翻動的思念只有隱在心中，在誰也看不見的地方。這個處所人人皆有，可在我這兒，它太沉太滿，我已難以忍受。

實在不願說愈逼愈近的那個秋天。那天我們正一起做夜班，大約是午夜兩點左右吧，韓哥又犯了暈厥。是我把他馱起來，在幾個人的扶助下，飛快往赤腳醫生那兒跑去。

然而這一次沒有以前那麼幸運。他躺在那張窄床上，再也沒有醒來。

我只有詛咒那個無辜的秋天了。

大山裡的巢就這樣毀掉了。我不得不重新流浪，離它愈來愈遠……泣哭的秋天，乾涸多年的淚泉像溪水一樣湧流的秋天……

第七部

一部凝聚了一生精力、表達了深情和意願的書快要結束了。
我對它充滿希望。這是一部眞正的書。
它不能失敗，不能蹩腳。它包含了我的生命之汁。

一

如今那片山地離我何等遙遠。好多關於回返的美好計畫終成泡影。我已身患重病，再沒有那樣的體力支持我完成一次長旅了。但主要的原因恐怕還是沒有勇氣。我在那片山地上永遠失去了心的居所。

站在這座日夜喧譁的都市向東部遙望，看那片濛濛霧靄，想像下面的山影（有些往事就像山草，到了季節就要萌生）。如果說那座海邊城市是我的童年和少年，那片山地則是我的青年。如果沒有其他意外的話，那麼我就將在這座省會城市度過老年了。人生的三段里程各不相同，但都有一些悲喜。我現在有資格感嘆一句了：人生不易啊。

那個秋天我離開山地，向西，向未知的省會走去了。抵達郊區破敗的街巷，滿目淒涼（我還記得桐葉隨風撲地的情景，又黏又濕的秋雨沾了兩腳）。我想，大概一個更爲艱難的歲月開始了。

差不多沒有來得及喘息，冬天就來了。記憶中的不幸，總有無情的冬雪紀念一下。大塊的雪朵掛在省城大街的柏樹和法桐樹上，無軌電車路過時它們就震落（城裡人雪天打傘，這是以前從未見過的）。

擁擠的人，匆匆來去的人，還有那些從前沒有見過的大都市人的表情。這一切如果在幾年前會讓我害怕和惶惑。可是當時對於我卻沒有這樣的感覺。因爲我被哀傷壓迫著，任何花花綠綠都打不起我的精神。我瞇著雙眼，世界在我眼裡一片蒼茫。

我可憐巴巴的背囊啊，那麼小。全部家當都在身上了。到哪裡去？眼前這麼多十字路口。儘管懷中還揣著老人那封熱情的、有點誇大其詞的信，但我還是再三躊躇（展開那封彷彿是上一個世紀寫成的信件，讀了又讀）。

總算找到了那個「青年」。其實他比我要大得多，戴著深度鏡片。稀疏的頭髮、橫紋疊起的額頭，都能讓人想起不幸的故事。我已不抱任何希望了，因爲我看到了躲躲閃閃小心翼翼的眼神，對他充滿了同情。我倒覺得這是個急需別人幫助的人。可是他並未讓我沮喪到這個地步。接下去的一個月內，他不僅給我安頓了一個簡樸的住處，還介紹我到印刷廠做了臨時勤雜工。

他在報紙副刊工作，雖然自己不寫什麼，身邊卻圍攏了許多人。他們都十分敬重他，不論男女老少，一律稱他「老師」。他更像個保姆。與以前經歷的任何一個地方都不同，這裡寫個不停的人似乎很多。令我失望的是我漸漸發現了什麼。我是說，比起從前見過的那些人，他們大多只是在寫，而不太會感動。他們不會深深地感動。他們並不深愛著什麼。有時他們也相互讀著自己寫成的東西，嘻嘻笑。我所熟悉的那種低緩的語調，這兒聽不到。

我來往的人愈來愈少。我只能從老師身邊找到一兩位。他們的神情才是我熟悉的，我也能走近他們。

老師用悲憫的眼神看著我。但我知道，在所有的「學生」中，他最看重的就是我、是這一切：各種各樣的紙片、長長短短不知該如何命名的文字……他甚至讓我修改了一篇短文在副刊上發表了。

（帶著濃烈墨香的那張報紙放在眼前時，我不得不拿上儘快走開。因爲心跳得厲害，手也哆嗦。我跑到了一個無人的角落，可能是一間廁所，用涼水把臉沖洗了。最後我把那張報紙掖到胸口那兒，才走出來。）

那個夜晚我沒有睡好，那張報紙一直擺在枕旁。

老師給了我許多紙。儘管這是發黑的灰紙，很粗，但上面卻印了方格。我第一次擁有這麼多紙。我想行了，再也不必擔心沒有寫處了，再也不必爲了節紙把字寫得小而又小了。

那是我一生中十分歡樂的一個片段。快樂裝在心裡，別人無法知曉。那時我年近三十，卻無像樣的住所，無固定的職業，更沒有婚姻。一個人最重要的三件事那會兒都沒有影子。

可是我依然歡樂。

二

那歡樂要結束也快。因爲不久我就因爲沒有城市戶口而數次被逐。沒有它，城裡所有像樣的地方都不能打工、不能久待。我只能像個流氓那樣跋涉街頭。老師安慰我，說憑我這樣的才能要找個合適的工作是不成問題的。他奔波了十幾年，雖然人微言輕，卻有常人難以具備的韌性。這十幾年裡，他先是爲我找到了一份臨時工作（其間經歷過一些變動），後來又爲我辦理了城市戶口。整個細節繁瑣到不能言說，總之他幫我在這座城市待下去了，成了我一生不能報答的恩人。

這些坎坷也許一般人不能忍受，但我那時已過了三十，經歷了許多，後來的一切不過是繼續經歷著而已。更多的痛苦和歡樂還將積累下去，直到欣然終了的那一天（這一點人人一樣）。

我想說的是來省城後的一段插曲，它是必須交代的。這一段持續時間不長，但的確影響了我的下半生。我現在回想起來很明白，如果不是因爲它，我現在極可能是另一種樣子。在省城時，除了山地，我日夜想起的就是那座海邊城市。它衰老的街巷、撒滿煤塵的磚路。特別是碼頭上的船、城北的叢林，都讓我想得心疼。我極想回去看一眼。那條沒有橋的河對我的吸引也不是語言所能形容的。那些夜晚，我操勞一天疲憊地躺在床上，眼窩常常濕潤。午夜兩點前很少入睡，這段時間我差不多總在奮筆疾書。一生中的任何一個階段，只要這手還能夠握筆，我就在寫。它在支撐著我的生命。

我終要回去一次了。哪怕僅僅是看上一眼，也要這麼做。

那時我正在爲戶口奔波，它非常需要我出走之地（那個城市）的證明。就這樣，我第一次回到了那裡。

這座城市不認得我了，而我對它卻記得分外清晰。踏上街巷，覺得就像昨天剛剛離去，就像經歷了一次出差一樣。

只有見到兩鬢皆白、一臉老年斑的港長，見了足有一把年紀的「鷹眼」，我才意識到時光確實已經無情地流逝（他們如今都離開了海港，到喜歡玩的地方去消磨時間了。替代者是年輕一點的人，他們在做與當年差不多的事情）。

我忍住了不提的一個人就是繼父。我不知道他是否還在人世，差不多害怕聽到關於他的一切消息。

然而他從來都是一個無法迴避的人。「鷹眼」和老港長，還有其他人都談了他，而且對我的當年出走給予了極大的諒解。這使我驚詫中又有了新的寬慰。我發現自己也稍稍失去了當年的憤恨，無論對繼父還是其他的什麼。

他如今已是一個眞正不幸的人了。原來在我出走五六年後他就患了癡呆症，喪失了自理能力。由於他是個特殊人物，港上和市裡爲他配備了護理員，又把他移到一個療養所。他三番五次從那兒跑出來，一路呼叫著撲進那個有大橡樹的院落。那眞是他鍾愛的家。港上人把他往日喜歡的所有器械都收走了，結果他不得不將一根拐杖當成槍，瞄準、撫摸。每到了下雨天他就泣哭，但常常一個星期裡不說一句話。

我是在那棵親愛的橡樹下見到他的。這兒一切如故，惟有他眞的老了……白髮稀疏，皺紋疊生，兩隻眼睛定定地望我。我那時覺得他肯定認出了我。我發現他手裡緊緊攥著的拐杖在抖。

從見到他的第一眼我就明白了，我這十多年裡不僅是因爲恨著他才沒有將其遺忘。我之所以要極力擺脫，是因爲他必定要永遠存在於我的生活之中。這是個不幸嗎？橡樹下，除了他還有兩個港上的年輕人，他們大概正在設法把他弄回療養所。如果不是我在場，我相信他們會強制他離開的，因爲捨此也別無他法。他們說：「你爸呀……」每一聲都像錘子擊打我的心。

這一天我提前離去了（我這樣做的理由是讓他們把他儘快弄回去。這樣會好些）。走出院子，頭腦中一片茫然。除了記得起繼父那雙呆僵的眼睛外，不記得任何一處特徵，比如他穿了什麼衣服、胖還是瘦，等等。

我還感到奇怪：十幾年後重新站在這個院落，卻全然沒有了預想的那些激動。就那麼站著，看著，沒說一句話又走了。

三

港上交給我一把鑰匙，我裝在兜裡，一整天都在城街上遊蕩。我去看了大街十字口東側的那個雜貨店，發現那兒擺上了許多輕巧別致的輪椅。從店裡出來，打聽那個下肢傷殘的鐘錶師傅。攤子還在，回答說那人已過世多年了。

黃昏時分我才走近海邊那個水泥平台。但沒有踏上去。

天黑了，我要回家了。空無一人的家，再沒人伸手撫摸我一下，儘管我走了那麼遠的路才歸來。這一路花掉了十六年的時間。走近離家幾十米的巷子，聽到了嘩嘩的樹葉抖動聲。

一陣風微微吹過，我蹲下來。

媽媽十六年前就在這兒倒下。是她的手掌在撫摸我的頭髮。眞的，她把我的頭髮梳理了幾下，又撩起了我的衣襟。媽媽就是這個巷子裡的風，媽媽。

十六年前的氣息一絲不漏地貯在這幢屋子中。一步一步走近我那間小屋，一伸手摸到了自己的床。我拱在上邊。

那個老式櫃子還在，一切都在。緊緊地挨著它，從未有過的踏實。

這一夜沒有開燈。多好，漆黑的夜色。一個人伏在伸手不見五指的黑暗裡，只想早些睡去。天明以後我有重要的事情要做。那條河啊，那條久違的河啊。

天亮了。這時我才看清了屋子裡的一切。到處蒙塵。每間屋子都待了一刻。但沒有撣去一絲灰塵。水池乾裂，廚房裡生了一株蒲公英。院內被風旋了一堆乾樹葉。大橡樹上再沒有了跑動的松鼠，什麼都沒有了。無花果樹死了。

我吃了點零食就出發了。

通往河西的路一路簇新，布滿了各種轍印，宛如昨天。野雞、布穀鳥、土百靈，牠們竟然鳴叫如故。原來除了人，什麼都不會衰老。

河到了，水聲不像過去那樣響。說不上是失望還是怎麼，這兒仍舊沒有橋。走到近前才知道，如今已經毋需搭橋：河流基本乾涸，只在中間餘了一線水。

河西的林木也疏了。愈往前，這種感覺愈分明。還離很遠呢，那茅屋頂就讓我看到了。雙手汗浸浸的，攥緊了背囊帶子。我渴望聽到那隻花狗的吠聲。沒有。

茅屋四周靜悄悄。推開柴門，院內掃得乾乾淨淨。籬笆牆的一側有牽牛花、豆角之類。幾隻雞在牆下。一位老人頂著白髮、弓著腰出來，端一簸箕蘑菇——她一抬頭看見了我，大聲叫起來（是小雪母親，她耳朵聾了，可一眼就認出了我）。

「孩子啊，是你這孩子！」她抱住我的胳膊，拍打我，拉扯我。她開始擦眼睛。

進屋後好長時間我什麼也不敢問，因爲我已經聽慣了不好的消息……她說他們都進林子了，那兒開了一小塊地，如今這是個忙時候啊。我身上立刻一陣輕鬆。

我想那肯定是小雪和她父親。看來他仍然硬朗，這使我非常高興。在老人的嘮叨聲中，我看了這三間正屋，然後再看拐向南邊的三間——這是我度過無數美好時光的地方啊，我差不多又嗅到了炭盆的氣味。

可是我很快又怔住了。我被釘在了門口。有什麼輕輕地、然而是朝我的心尖上擊打了一下。我看到屋內有兩間隔壁被拆掉，變成了寬敞的一大間，一塵不染的屋裡有書架、桌子，上面擺了雜誌和書。最裡邊的那間是臥室。

（一股溫馨的家庭氣息。）

老人扯著我：「快進來嘛孩子。這是小雪的屋啊……哦喲你還不知道，小雪跟她老師結婚了，兩人過得好，都快快樂樂。他們想你啊，常念叨……」

（對我來說，沒有比這更大的事兒了。如果我沒有記錯的話，那個老師比她大二十一歲。當然，這不是主要的。主要的是我太閉塞、太無預料。我說：這眞好。但我不敢肯定這句話是否出自心扉。）

四

與一家四口的聚會是怎樣的場景可想而知。人哪，還有這樣的重逢。當我眼看著晚霞中一個消瘦的、兩鬢皆白的男人手扯一個有些胖的女人向我走來時，是怎樣的心情。心在怦怦亂跳，它這一瞬間又回到了少年時代。它按捺不住了。

他們走近了我才看出，他們走路時只是離得很近，並沒有扯手。男人肩上扛著鐵鍬，正用詫異的目光看我。小雪好像比過去還要矮，面色紅潤，頭髮烏黑，兩眼還是那麼亮——也許比過去更亮。

是小雪先一步認出了我……淚水在三個人眼中滾動。無情的時光讓人走向了中年和老年。小雪父親從後邊領著一條狗緩緩走來。老人精瘦精瘦，健壯，聲音洪亮。身邊的狗是另一條了，黑的、不聲不響的。

這個夜晚無法睡去。兩位老人陪我們坐到深夜，最後才戀戀不捨地回去了。他們在緊挨廚房的那一間給我搭了個新鋪。

只剩下我們三人時，小雪又擦起了眼睛。那老師疼憐地拍拍妻子的肩膀。老師除了一雙眼睛還像十幾年前那樣火熱，其餘都顯得沉靜多了。

他與小雪結婚後，從林場子弟小學辭掉了教職，主動提出到這幢護林茅屋來。這樣他們一家四口天天在一起，種地、護林，拿一份微薄的工資。他和小雪每天業餘時間都讀書，但與過去不同的是，小雪只偶爾畫幾筆畫，不太寫了——不，完全不寫了。

當他們得知我還在寫個不停，馬上發出了長長的慨嘆。老師急著要看一看我新寫的東西，我提過了背囊。我的臉又像當年那樣灼燙了。

我自己讀。他們聽（這個夜晚一切如舊。不，這個夜晚的燈太亮了。那時的小油燈沒有了。這光在提醒我時空的轉換）。

還是那種低緩的聲音。但我的聲音變得蒼老了，粗濁了，有些沙啞。這是我自己慢慢聽出的。

讀下去。沒有人打斷我，讀下去。這種聲音讓我忘掉一切。可是它又同時讓人想到一切。小雪在啜泣，但臉上是笑容。我熟悉這笑容。

老師的大手搭在我的肩上，捏了許久。他說：「眞的，相信吧，現在沒有這麼動人的書了……這眞該是你寫的。你終於寫出來了……」

我想問我是否接近了那個預言？不好意思。這時候我是羞澀的（他也沒有說。直到最後他都沒有說）。

黎明時分我才回到自己的鋪上。分手時小雪搖搖頭：這麼多年了，只有你堅持寫下來。多麼好。你不像我，這麼多婆婆媽媽的事兒。

我躺在鋪上，望著已經有些亮的窗戶，琢磨著「婆婆媽媽」幾個字。

小鳥很快在窗外叫了，公雞也啼。我哪裡睡得著。我很想知道他們爲什麼走到了一起？雖然我明白這是個很蠢的問題。看得出，無論是老師還是小雪，都幸福到了使人嫉羨的地步。

我在小茅屋又待了一天。老師和小雪領我去林中看了他們的菜地，吃了剛從架子上摘下的嫩瓜。由於所有蔬菜都是長在林中的，地力又好，幾乎不用施肥，所以它們的味道好極了。任何地方都難覓這樣一片菜園。老師彎腰在那兒勞作，熟練、快捷。他勞作的身影眞美。我注視他幹活，突然腦海裡閃過了韓哥。天哪，他們從背影上看簡直一模一樣！

一日三餐都是小雪做。她的母親只不過偶爾幫一下。她紮了圍裙，兩隻手忙個不停。大概這就是「婆婆媽媽的事兒」了。有一會兒她在水池邊洗菜，不知怎麼吐了幾口，臉色也變了。我十分焦急。她還是笑，說你不懂這些。

（她馬上要有一個孩子了。這也是「婆婆媽媽的事兒」。）

我要離開了。行前小雪一聲不響。她爲我準備了許多東西，我差不多一點也帶不走。我說可能會再來、不久就來。他們將信將疑。老師很認眞地對我說：考慮你的婚姻吧，這樣不行。小雪在一邊說：你啊！

五

返回省城最初幾個月，一直被事情纏住。報社老師的日子似乎好過了一點，人變得活潑了。他爲我不知疲倦，熱情始終如一（他是令我費解的好人，也是我一生流浪中遇到的又一個關乎命運者。這些人像明亮的寶石串在了我的生命線上。由此看，我又是個幸運者）。

經過各種周折，我的城市戶口解決了，印刷校對工的位子坐穩了。後來我又謀到了另一個差事，業餘時間爲一份藝術雜誌看稿，成了業餘編輯。這使我有機會接觸更多的「文化人士」。在半年時間裡，我又發表了兩篇作品。這就是省城，這就是它吸引我的方面。除此而外，我從來都沒能適應它的嘈雜。

那次故地之行一直纏在夢境裡。海邊上的牽掛使我不知如何是好。偶爾泛起的強烈不安都是因爲它，它讓我忍受噬咬般的感覺。

不久又被另一種心情所淹沒，即愛情的渴念。小雪和老師說得眞對：我啊！該想一想關於她們的事情了。這把年齡儘管使我沉穩多了，但有時仍不免衝動。我似乎不太能獨身一人地走下去了。特別需要另一個人。這個人要發出柔和的聲音，有綿軟的性情，這個人必得是女人。

可是周圍沒有。省城的老師並不關心這個。我從熟悉的女性中也聽到了太多嘈雜；而她們並不關心別人，特別是我這樣的人。

我照過鏡子。幾十年的風塵撲打使這張臉過早地陳舊了。它沒有了起碼的光澤，皺摺多得過分，而且，那眼神看上去還缺乏善意（這多麼冤枉。我的體察和同情萬物之心啊，怎麼說呢）。可是眼神……它肯定是被旅途上的風吹壞了。我久久地閉上眼睛。

有時想到別人的幸福，總覺得人家幸運。小雪老師五十歲了，擁有了小雪。小雪可不是一般的人。看看她現在的微胖的、不高的身材，看看她紅濡濡的臉。她多麼可愛。她的少年時代我最清楚不過，她沒有一絲污濁地成長起來，然後，交給了老師。

（像她一樣，我也愛那個人。不過，事情或許還應該有更爲妥當的處理方式……）

在情感方面徘徊的日子儘管短暫，可非常熬人。這不行。我寫下了許多煎熬。我在這個方面富有理想，求全責備，又略有自卑。這矛盾的性格啊，這樣不行。

有一次去送稿子，無意間遇到了一個叫「雛」的姑娘，她二十多歲，美麗而謙遜。她甚至喊我「老師」。像心目中那些可愛的人一樣，她也在寫作，而且寫了許多。老師爲我們作介紹時互相看了看。看來看去的目光啓發了我，讓我即刻得知他在牽掛我的婚姻。

後來只是來往。我去找她，她來找我。我們在一起很少說話，她像我一樣沉默。我喜歡她是有原因的。她如果嘈雜，就不會吸引我。

雛寫出的東西非常稚嫩，稚嫩到與年齡不太相符的地步。但我喜歡。我把她寫的放在手邊，時不時地看。

這是個徘徊階段。後來我想起了那個山區少女大胖以及她的母親、她們對我的挽留和款待。我特別仔細地想過了大胖被那個做報紙的人領走的經過。那人說喜歡她這樣寫，說一聲

「走」，就領走了。

這個星期天。雛又來到了我的宿舍。我們談到了海、海邊小城，那裡的一切。她一直大睜神往的眼睛。一股熱流從胸間騰起，湧到了臉上。我突然站起來說：

我喜歡你這樣寫。走。

她一動不動（後來可能才明白了我在說什麼，臉紅了）。她搖了搖頭。

後來我進一步明白她不會跟我「走」。留在城裡也一樣，她也不願意。她正默守一些奇怪的規則（城裡姑娘的複雜規則，我一輩子也弄不懂），不能與我生活在一起。

但她是多麼好的一個姑娘。很羞澀，很內向。

我於是遇到了痛苦。

夜裡盡可能想一些別的事，甚至從頭回憶往昔。有些事不願想，就硬逼自己。又想到了繼父，想他的呆滯和衰老，一次次從療養所逃出；後來特別想到了出走前夕的那個叢林黃昏——他在不遠處看著我。在那個萬念俱滅的悲傷時刻，他在牽掛我。於是，那一幕被我記住了。我的思緒停頓在這兒。我突然明白它是一個硬塊，許多年來——從故地返回就尤其如此——在硌著我。我覺得應該把他從療養所接回家。這是我的責任（而且我還可以遠離了雛。讓我遠離她吧）。

六

暫且告別省城，匆忙奔赴海邊城市。這次或許是在履行一個並不存在的義務，我因此而有些激動。大概這不容易做到呢。

我來得正是時候。繼父把療養所的東西毀掉一些，又一次逃出。他弄丟了鑰匙，試圖翻牆時摔了一下，手腳傷了。我見到他時已經出院了，但行走還是困難。他見了我就含含混混地喊：回家！回家！

我們眞的回家了。

我給他打掃了那個陰冷的房間。把被褥重新曬過。他立刻安靜下來，端坐一角，面帶微笑。不能忍受的是我，一抱起大衣和被子，濃烈的汗臭就混和了火藥味撲來。一掀褥子，是那一疊疊整齊擺放的、五顏六色的紙。這麼多年過去了，它們還像原來一樣。我沒有動它們。

經過一天晾曬，被褥鬆軟了。我小心地按原樣鋪好。

港長和鷹眼等熟人一一來過，握他的手，拍打，大聲叫他的名字。他們說這下好了，

「老有所依了」。他呆望著，鼻子裡發出「吭吭」聲。

他夜裡很早就要入睡，因爲倦了。白天如果我不在身邊，他就扶著牆壁過來。我必須活動在他的視野裡。他那毫無表情的目光總隨我移動。

我發現自己被困住了。我差不多沒有機會離開屋子，出門買東西也要快快來去。有一次我剛離去他就倒在院裡，臉上手上全是傷，衣服塗滿糞便。爲他包紮傷口、整理衛生，花去了多半天時間。

港上問有什麼困難？我說派個人幫一下吧，哪怕每個星期半天也好。他們答應了。

護理員是流動的、兼職的，他同時還要負責類似的老同志。可是他待在這兒的時候，我總算能出一下門。我還要做許多事兒：買菜、把稿子寄給省城；我特別要去小雪那兒。

繼父只要不疲倦，就不轉睛地看我。但我知道他的意識已經混亂。惟有他的目光，無表情的目光，讓人做著無盡的詮釋。有時我眞想大聲問他：還記得過去嗎？你在想什麼？

可憐的人，老了，呆了，什麼都不知道了。

値得慶幸的是媽媽沒有活到今天。如若不然，服侍這個癡呆長壽的人就要落在她的身上了。

我就在他呆滯的目光下寫著。現在他的目光沒有了憎惡，平靜了。他什麼都不懂，不懂我的激奮、感嘆和悲哀。我現在寫得最多的就是那個山鎮之家，與韓哥一起的日子。我久已乾涸的淚泉正爲他重新湧流，流個不息。我的一生被幾條線分成了不同的部分，是韓哥給我畫上了極深重的一條。誰能測出我對他的依戀、我愛的深度。他的離去給了我某種毀滅感。這種感覺補救不起，無論是誰，無論是遲來早去的歡樂，還是失戀的悲傷，都不能補救。

我和韓哥經營出一種人生的詩意。現在到哪兒去尋那樣的吟哦之聲呢。那條懸溪日夜鳴響，爲我們伴奏。比起韓哥的吟哦，其他的聲音都顯得粗濁了。

無處訴說，只有這紙上的傾談，念想。

我即便對小雪也沒有談那個可愛而不幸的人（後來又一次在河西茅屋，感受那迷人的溫情。他們的結合愈來愈能引起我的讚許，我在心裡爲他們祝福，一直祝福。他比小雪大得多，因而更像個父兄。我從他消瘦而振奮的、和善的面容上，看出了遲來的幸福。他的前半生充滿艱辛，經歷了棄家、妻離、淪落。這會兒回報來了，如此豐厚。整整一個小雪都歸他了）。

小雪夫婦得知我在服侍繼父，一致首肯。小雪甚至說：多麼可憐哪。同意她的看法。一個生擒過外國將軍（不能確定的傳聞）、有過功勳的人，後半生竟做了那麼一沓子事。不過這爲了什麼？我將好好思索。這一切是沮喪，還是自負引起？大概是前者，大概從某一天起，他就沮喪了（關於繼父、他與母親和生父的一些瓜葛，我在這幾十年的遊蕩中總算略知了一二。這也是促使我最後待在他身邊的原因。但要把一切從頭敘說，我想那還要留待以後）。

小雪生了個男孩。嬌嫩的小娃娃在那兒放著，她自己卻像沒做過什麼似的，依然那麼利落、健康。她很幸福，用母親的眼神去看孩子。他更是如此。不過他愈來愈瘦了。從他身上我察覺到，過分的幸福也會使人疲累蒼老。

最愉快的大概要算小雪父母。他們太高興也太操勞，走路時不自覺地弓腰。他們在娃娃跟前對答如流，旁若無人，與那個剛降生的小生命，也與自己。

我僅在小雪家度過了一天，繼父就按捺不住地躁動。護理員見我回來就嚷：「你再也不能走遠了，他不行，他火氣很大，有時故意跌倒……」

我回來，他又恢復平靜。他的目光像過去一樣，只呆呆地看我做事。

想不到事情會結束得這麼快，大概從河西回來的第二個星期，天變了，下起了大雨。隆隆的雷聲震響窗櫺。繼父扶著牆張望外面，面帶驚恐。我費了半個多小時才把他安頓到那張大床上。

一直到半夜大雨還在下。睡不著，後來突然聽到雨聲裡夾雜著什麼響動。最後我聽清院門在響——它被打開了，厲風砰砰掀動門扇。我立刻翻身坐起。繼父屋裡的大床空了。我奔出房間時已經晚了。只是很短的一段時間，一切就結束了。繼父躺在離院門不遠外的一個水窪旁，身上的衣服還沒有濕透。暴雨濺起的水泡糊在臉上，他是窒息而死。

七

離開省城的時間比預料的要短多了。可是悲傷長得難以祛除，它們眞的存在。繼父的逝去留給我的並非全是解脫的輕鬆。我那時模模糊糊覺得在爲媽媽做這一切，後來又覺得不是這樣。

但城裡的日子在好起來。除了繼續做校對之外，那個雜誌有意要我。公職有望解決，這在我是多麼重要的一件事。

我盡情地忙碌，這也是一種必須。只有不停息地工作才能暫時讓我忘卻。這只偶爾成功，特別是白天。

到了深夜，往事就要纏住我。因爲操勞過度，頭疼，受傷的右胯骨更疼，這才是難熬的時刻。隨著歲月的增長，我由喜歡黑夜轉爲討厭它了。它太漫長，除了夏天，它總是很冷。

想得最多的就是身邊一些人的命運。我特別不忘那個奇怪而逼眞的夢境：一群凶神惡煞用一束紙抽打一個消瘦的男人——我的生父。可憐他倒下又爬起，後來就永遠地伏在地上……果眞如此，那就眞的應了與生俱來的感覺，我們一家人哪，怎麼說呢（媽媽死於風，繼父死於雨，而生父死得至爲奇特——他死於紙）。

輕飄飄的紙頁，置我的生父於死地。想到這裡也正好可以佐證當年媽媽對我擺弄紙張的恐懼了。她有理由，只是她從不告訴我。

（幸好我是個會作夢的人；還有，我有非凡的記憶力。就這樣，我靠自己的努力戰勝了遺忘，找到了生父。）

我相信自己是在無形的牽引下，這些年沿生父的路線一步一步走過來。我相信自己目前就是生活在他工作過的地方。這就是省城。

在我即要離開校對工作的前幾個月，發生了什麼。這事其實一直在發生，只是尙未察覺罷了。校對科有一位三四十歲的姑娘，沒有出嫁過。她比我大整整六歲。她也是少言寡語的那種人，不言不語地對我好。她姓雷，叫「雷子」（多麼溫厚的人，卻有那麼可怕的名字）。雷子長得略胖，臉色微黑，髮紅，只要端量一會兒就會發現很美。而且這美經久不息。

做夜班時，她把僅有的一塊紅薯給我。她還爲我洗衣服，但她並沒有說出什麼，是我感覺到了，喜歡上了，並先於她提出了。她沒有拒絕。於是在求得正式公職之前，我和雷子結婚了。

就這樣，我在三十七歲的這一年告別了缺乏愛情的年代，我第一次得知女性的美好，這美好眞是無處不在。她爲我做的，遠比想像的多出許多。她微胖的身體在寒冷中散發出熱力。我愛她，勝過自身。

有時我也感到奇怪，這麼好的一位女性，爲什麼那麼大了還沒有嫁人。她在等我啊，等一個一瘸一瘸走來的人。這不能不讓人感謝。我對她說：你看著吧，我會一絲不苟地對你好。

她當然看過了我半生寫下的這些文字。她很驚訝，說：「原來這樣，天。」她堅持要把那些寫在小紙頭上的東西全抄一遍，抄在像樣的稿紙上。我阻止了她。她說：看看你寫這些字吧，就知道你受了多少苦，按理說今後不該再有苦了。

她說得多麼好，然而實際人生往往相反。

結婚第三年的秋天，也就是三十九歲多一點，我害了第一次中風。整個身體的右半邊不能活動，經過長時間治療，總算能拖拖拉拉走路。這期間多虧雷子對我的照料，她的耐心體貼該是天下第一吧。我爲了使她輕鬆一些，拚命鍛鍊，盡力做到生活自理。我是個爭強好勝的人，我做到了。

可是雷子爲我耗的是心血。她在婚後三五年時間裡，白髮像草一樣出來了。她成了白髮美人，愈來愈美，皺紋也改變不了這一事實，她比先前胖了，也更加體貼。「我的老伴啊！」我開始像那些年紀大的人那樣呼喚她了。我們的愛與日俱增。我們在後來已是形影不離。

我中風後不久即傳來那個噩耗：小雪丈夫去世了。它首先是對小雪的打擊，其次是對我（那個預言尚未實現。他還沒有聽到關於我的最好消息。他曾多麼企盼。他難道錯了嗎？如今人去了）。

這噩耗加劇了我的病痛。最難熬的日子，我就讓雷子爲我讀書。她作爲一個校對老手，讀起書來流暢甘甜（人哪，說走就走。東北方又變得空空蕩蕩）。

好人說走就走，這已是生活中的一個定義。眼睜睜看著他們走，這是什麼苦。

我想不出小雪眼下的情形，也不敢想。

八

接下去的這許多年還算平靜。我與雷子相依爲命。我們只是兩個人，沒有孩子。這期間我們曾做出的重大決定，就是讓小雪和孩子進城一起居住。沒能實現。因爲小雪在那個林子裡還有年邁的父母。就是沒有他們，她和孩子也不會來。她在守那幢茅屋。我理解小雪，理解許多說不清的緣由。

這些年我更加勤奮地寫作。因爲有什麼在催逼，使我覺得十分緊迫，沒有時間了。幸虧我的右手不像左手那麼僵硬，我可以一口氣揮筆十個小時。這情形多少有點像童年和少年，可現在我是快五十的人了。

雷子憐惜我的身體，勸阻我，見持筆的手不能停下來，就無聲地流淚。她忘記了自己。她的全部身心都用在我的身上，吃飯時，總要親手爲我圍上圍嘴（因爲中風後的手不靈便，常把米湯灑在衣服上）。我在她身邊就像一個衰老的嬰孩。

她處處遷就，對我那些不知來自何處的焦憤和急躁忍而又忍。她願讓我對她發洩心中鬱積，對她發火（這情形有過，但事後讓我備加痛苦）。我十分愛她，惟擔心有一天離開，把她遺在這座省城。她在這兒沒有一個親人。那種孤苦伶仃的情狀不做多想。僅爲了她，我也要變得堅強一些。

一想起小雪、她的丈夫，就想起他對我的那個期望。我的寫既是內心渴求，又是回應他的心願。我除了上班，做完公家事情，餘下的全部時間就是伏案了。雷子或許爲了證實自己的判斷吧，有一次問：「爲什麼要寫呢？不寫會怎麼？」

剛一發問她就膽怯了。她輕輕地呼吸。

我無法回答得準確。我想了想，說：「會死。」

她一點也不吃驚。她大概早想過這兩個字了。

雷子原來曾是十分健壯的人。她的身體衰弱下來，完全是從我中風之後。她的操勞增加了數倍，心裡也全是牽掛。她本來就大我許多，這以後裡裡外外奔波，常常累得病倒。後來她已無法上班，就辭掉了工作，提前一年退休。可是這並未緩解她的勞頓，因爲我在她退休的當年又令人厭惡地第二次中風。

這次拖延的時間太長，無論對我還是對她，都是一個致命的打擊。我被全力挽救，但最終再也離不開拐杖。她一天瘦似一天，臉上沒了紅潤。我突然明白她眞的衰老了（我對她的愛也沒能阻止衰老的步伐）。

她開始失眠、脫髮，常常發燒。種種跡象都令人不安，但每一次從醫院歸來都笑著報一個平安。

這樣直到我四十八歲的那年春天，她最後一次去醫院，再沒回家。

就這樣簡單，這樣悲慘。我失去了老伴。

深夜，只剩下我一個人失眠了。想了多少，特別想到的一點，就是我終於走在了她的後邊，沒有遺下她，她遺下了我，我又成了一個人了；這也好，因爲我這樣也慣了。

怎麼辦？餘下的時間還有多少，也難判定。惟一不能放下的還是這枝筆。可是我發現右手也開始抖了。但我不能遷就，我得好好調教它。如果雷子在就好了，那時她看著我寫，右手也不抖。

一部凝聚了一生精力、表達了深情和意願的書快要結束了。我對它充滿希望。我把它寫成了，送到了它應該去的地方。我又像個孩子那樣焦急了。

等待著。這不是一篇或數篇短文，這是一部眞正的書。我覺得這些年來，小雪的丈夫都在用他懇切的目光鼓勵我。是他看著我寫完這部書的，它不能失敗，不能蹩腳。它包含了我的生命之汁，他的美好預言。

等待著，傳來的消息讓我難以置信，簡直是大喜過望。可這是眞的。它找到了歸宿，我流下了眼淚。這是雷子走後第一次泣哭。

我最後把這些年裡的各種紙片包好，細細地捆紮。我所有寫成的文字都合在了一起，封在了一個完美的箱子裡。我家中最好的一件器具就是這個木箱，很沉很沉。它就像我的一生那麼沉。

（木箱擺在那兒像個什麼？讓我想起了什麼？我又將怎樣比喻它？我都不敢說出。）

雷子見了該怎樣為我高興。其實不必如此。因為我似乎早已做到了最重要的一點，就是依靠這不停的寫活了過來。我並且弄明白了自己，懂得了如何向前。這難道不是最重要的嗎？我還企求什麼？我還想用它換回什麼？

惟獨小雪老師沒有聽到那個預言。

九

我剛剛五十多一點（這個年紀在有些人那兒不算什麼），可是因為疾病和其他，也因為孤獨，我簡直成了省城街頭最老的一個人。我不知道還要在此徘徊多久，也不知還要拜訪多少人。有些人離去了，見不到了。有些人還勇氣十足地活著，比如像我。

我想在今後幾年儘快完成一件大事，就是再回故地一次，去那幢茅屋。那將是特別重要的會見，我與她、與故地。無論是生靈草木，還是泥土氣息，對於我的餘生都是無可估量的重要。

決心之大，使我完全無視眼下長旅的危險。我竟然攜上挎包，像當年那樣鎖門而去。旅途的困頓、一次次換車、麻煩，全不在乎了。只有一個念頭：去那條河、看望那一切。我的急切絲毫不減當年。我覺得一路上心臟都在有力地跳動。比起這心的勇力，我僵硬的肢體就顯得可憐多了。

這些年裡關於那裡的消息全部斷絕。這是有意無意中形成的。我在迴避那個方向的信息。那裡讓人不能遺忘，也不敢遺忘。那裡眞是神祕啊。

那裡當年吸引了媽媽，而今又吸引了我。

那裡眞是奇特啊。我躲到了省城，逃了千里萬里，那裡還是伸出無形的吸盤，把我抓個牢定。

對那裡，粗話和情話都不管用。那裡就是那裡。

我拄著拐，背個鬆鬆的挎包出現在海邊城市街頭。沒有熟人。他們都在自己的地方。年老的人沒有我這樣的野性（拖著一條腿遠行，迎著西風）。碼頭上的船讓我看飽。最後是趕在黃昏前去開那個院落的門，沒成。那兒原來從繼父去世後就被收回了。我不知那裡的家當他們如何處置。這樣想著，看著從院牆上探出的老橡樹。漸漸圍攏的夜色中，我向它深深鞠了一躬。

這一夜是在一家散發著腥氣的小旅館度過的。半夜女人敲門，問要不要水？（不要水，也不要火。誰也別來煩我這個老人了。）

天亮後雇了一輛出租車，實在難以徒步穿越那片叢林、跨過那條河了。乾涸的河，車子顛簸無比，幾乎是一縱而過。

小茅屋一點沒變。像往日那麼靜，黑狗出來了，不叫。牠老了。門鎖著。我記起了林中的菜地，撥開灌木走去。黑狗回頭看了看茅屋，跟上了我。牠走得像我一樣吃力。

有個孩子在捉蝴蝶。男孩。他歪頭發現了我，收回了手。我一眼認定了他。我上前去抱，差一點跌倒。

「媽——媽！」他大喊。

多美妙的童聲。林子裡全是這聲音。

那個背影使我睜大了雙眼。她在向這邊走，在衣服上擦著手。

小雪除了一雙眼睛，其他地方全變了。但她還是比我年輕得多、健康得多。她眼裡噙著淚水，不用說一眼認出了面前的人（榿明榿明榿明……）。

我在茅屋住了三天。兩位老人幾年前辭世了，這裡一片清寂。第四天我要離去，小雪又一次挽留。這些天我們都在沉默。一遍遍看拐向南邊的三間茅屋，無非爲了尋找當年。小木桌還在。可是其他全變了。我看到了小雪丈夫的遺像。

這兒再不能待下去。我得走了。最後的夜晚我們坐在木桌旁。我說：

「我特別愛你。」

她點點頭。

至此，我們全部的話都說完了。

第二天我就啓程回去了，回到了埋有妻子的省會。

（我得在這兒過下去。與小雪不同的是，我沒有孩子。但我因此而更加喜歡孩子。我總是長時間地等待，看著他們從學校門口湧出，看著陽光怎樣照亮他們的臉。眞美啊。）

我的故事差不多講完了。我僅想告訴別人，我沒有孩子，若有，我會建議他經常寫作——這才是一個人最健康的活法。人生不能逃匿，不能做個膽小鬼，所以要學會面對自己，學會記錄和注視自己的內心。

我獨身一人生活在省會。當你們在黃昏時分看到一個步履艱難、手拄拐杖的老人，那就是我了（我逞能好勝了一輩子，直到現在也不服輸。所以誰也不必憐憫我）。

我非常非常愛你們。

文・學・叢・書

劃撥帳號：19000691　成陽出版股份有限公司　掛號另加20元
本書目所列定價如與版權頁有異，以各書版權頁定價為準

1.	吹薩克斯風的革命者	楊　照著	260元
2.	魔術時刻	蘇偉貞著	220元
3.	尋找上海	王安憶著	220元
4.	蟬	林懷民著	220元
5.	鳥人一族	張國立著	200元
6.	蘑菇七種	張　煒著	240元
7.	鞍與筆的影子	張承志著	280元
8.	悠悠家園	韓・黃晳暎著／陳寧寧譯	450元
9.	想我眷村的兄弟們	朱天心著	220元
10.	古都	朱天心著	240元
11.	藤纏樹	藍博洲著	460元
12.	龔鵬程四十自述	龔鵬程著	300元
13.	魚和牠的自行車	陳丹燕著	220元
14.	椿哥	平　路著	150元
15.	何日君再來	平　路著	240元
16.	唐諾推理小說導讀選 I	唐　諾著	240元
17.	唐諾推理小說導讀選 II	唐　諾著	260元
18.	我的Ｎ種生活	葛紅兵著	240元
19.	普世戀歌	宋澤萊著	260元
20.	紐約眼	劉大任著	260元
21.	小說家的13堂課	王安憶著	280元
22.	憂鬱的田園	曹文軒著	200元
23.	王考	童偉格著	200元
24.	藍眼睛	林文義著	280元
25.	遠河遠山	張　煒著	200元

王安憶　作品集

1.	米尼	220元
	以下陸續出版	
2.	海上繁華夢	280元
3.	流逝	260元
4.	閣樓	220元
5.	冷土	260元
6.	傷心太平洋	220元
7.	崗上的世紀	280元

楊　照　作品集

1.	為了詩	200元
2.	我的二十一世紀	220元
	以下陸續出版	
3.	楊照書鋪	
4.	政經書簡	
5.	大愛	
6.	軍旅札記	
7.	給女兒的十二封信	
8.	迷路的詩	
9.	Café Monday	
10.	黯魂	
11.	中國經濟史	
12.	中國人物史	
13.	中國日常生活	

成英姝　作品集

1.	恐怖偶像劇	220元
2.	魔術奇花	240元

文學叢書 025

遠河遠山

INK publishing

作　　者	張　煒
發 行 人	張書銘
社　　長	初安民
責任編輯	高慧瑩
美術編輯	許秋山
校　　對	余淑宜　黃筱威　高慧瑩
出　　版	INK印刻出版有限公司 台北縣中和市中正路800號13樓之3 電話：02-22281626 傳真：02-22281598 e-mail：ink.book@msa.hinet.net
法律顧問	漢全國際法律事務所 林春金律師
總 經 銷	成陽出版股份有限公司 訂購電話：02-26688242 訂購傳真：02-26688743 http://www.sudu.cc
郵政劃撥	19000691　成陽出版股份有限公司
印　　刷	海王印刷事業股份有限公司
出版日期	2003年2月　初版
定　　價	200元

ISBN 986-7810-05-8

國家圖書館出版品預行編目資料

遠河遠山／張煒著. --初版，--臺北縣中和市：INK印刻，2003〔民92〕
面；　公分--（文學叢書；25）

ISBN 986-7810-05-8(平裝)

857.7　　91015586

K INK INK INK INK INK INK IN
INK INK INK INK INK INK INK
K INK INK INK INK INK INK IN
INK INK INK INK INK INK INK
K INK INK INK INK INK INK IN
INK INK INK INK INK INK INK
K INK INK INK INK INK INK IN
INK INK INK INK INK INK INK
K INK INK INK INK INK INK IN
INK INK INK INK INK INK INK
K INK INK INK INK INK INK IN
INK INK INK INK INK INK INK
K INK INK INK INK INK INK IN
INK INK INK INK INK INK INK
K INK INK INK INK INK INK IN
INK INK INK INK INK INK INK
K INK INK INK INK INK INK IN
INK INK INK INK INK INK INK
K INK INK INK INK INK INK IN
INK INK INK INK INK INK INK
K INK INK INK INK INK INK IN
INK INK INK INK INK INK INK
K INK INK INK INK INK INK IN
INK INK INK INK INK INK INK
K INK INK INK INK INK INK IN